雲の流れに

古関裕而物語

新井恵美子

展望社

福島市の「古関裕而記念館」(住所/福島市入江町1番1号・開館/午前9時～午後4時30分・休館/年末年始・入場料/無料)。

福島市にある古関裕而像。

古関裕而　生誕110年を記念してコロムビアより発売されたレコード。

同じく110年記念のスポーツ編のレコード。

古関裕而の自伝『鐘よ鳴り響け』の見返しに書かれた直筆のイラストとサイン（著者の友人、塩澤実信氏提供）。

《目次》

装丁　新田純

★本文中、敬称は省略させていただきました。

雲の流れに　古関裕而物語

雲の流れに

病室の大きな窓に雲がうつっていた。

白い雲は空いっぱいに広がって、堂々と動いている。

「あの上に乗ったら気持良かろうな」

と、ベッドの上の古関裕而（こせきゆうじ）はつぶやいた。

ゆったりと時間が過ぎていた。静まり返えった病室の午後だった。

娘の雅子がさっき来て、リムスキー・コルサコフ作曲の『シェーラザード』のテープを流してくれていた。

遠いロシアの国の遠い時代の音楽が、裕而の心を沁み入るように満たしていた。裕而は娘雅子が小学生の頃、よくこの曲のレコードをふたりで聞いていた。もう一曲、スメタナの『モルダウ川』も聞いたっけ。

それは娘に聞かせるというよりは自分自身のために流した音楽だった。

でも小学生の雅子はこの二曲が気に入って、何度も何度も「かけて」とせがんだものだ。

今、すっかり大人になった雅子は父親のベッドまわりを片づけたり、持って来た花を花びんに差したり、こまめに動き廻っていたが、『シェーラザード』が流れると、にっこり笑って話し始めた。

「お父様、覚えてる？　いつもご一緒にこの曲を聞きましたよね。お父様は三ツ矢サイダーを召し上がりながら聴いていらしたわね」

裕而は「うーん」とうなづいて笑った。

病いに倒れてから感情をほとんど表せなくなって、裕而はベッドに寝ているだけの日々だった。見舞に来た子ども達も皆がっかりして帰る。あの次から次へと素敵な曲を生み出して、家族ばかりでなく、日本中の人を喜ばせていた父が、別人のようにボンヤリしている事が哀しかった。

それがこの日、『シェーラザード』を聞いた時、にこっと笑ったのだ。

雅子はうれしくなって、帰り支度をしながら、

「お父様、テープは自然にとまりますから、ゆっくりお楽しみになってね」

と言い置いて、病室を出て行ったのだ。

ひとりになった裕而は窓に写る雲をもう一度見た。雲はゆっくり動いている。裕而のベッドはその雲と平行に置かれている。寝ている裕而はひょいと乗り移ればその雲にとび乗れそうに思えた。

もうすぐ自分は死ぬのだと裕而は思っていた。あの美しい雲の上に乗り移れば、簡単に死んで行けるのだと思うのだった。

「それにしても」

と裕而は考える。

「何と良い一生だった事か」

自分の生涯に何一つ悔いはない。八十歳まで存分に生きて来た。十年前に妻金子（きんこ）に先立たれたのは返すがえすも残念だったが、金子と歩いた人生は本当に楽しかった。

裕而の思いは遠い日にもどって行った。

あの福島の懐かしい山々が目に浮かぶ。

「おれの心にはいつもあの信夫山（しのぶやま）、安達太良山（あだたらやま）。なだらかな山があった。山々がおれを包んでくれていた」

雲に乗る前に、裕而の心はあの懐かしい日々へと帰って行くのだった。一番古い記憶は母の胸に抱かれた感覚だった。スベスベとした母の胸に顔をうずめていたあの日のことだ。

裕而は明治四十二年八月十一日、父三郎治、母ヒサの長男として生まれた。家は資産家で、祖父は村に橋を寄附するほどの人物だった。生まれた子どもは勇治と名づけられた。裕而の本名である。

裕而の父親も、使用人や近所の人に暖かい人物だった。福島市の大町に古関家が代々営む呉服屋喜多三（きたさん）があった。間口の広い大店（おおだな）で十人もの使用人がいた。その使用人達を喜ばせたくて、父三郎治はまだ珍しかった蓄音機を購入していた。

「喜多三」で働く者は本当に果報者だ、と町の人は羨しがった。

この家の若旦那が嫁にしたのは川俣町の大地主武藤家の娘ヒサだった。川俣の町の入口に立って見渡すと、目に写る田畑は全て武藤家のものであったと人は噂する。ヒサの兄は川俣銀行まで設立し、自分は頭取におさまっていた。

裕福な呉服屋の息子に裕福な資産家の娘が嫁いで来たのだ。この恵まれた若い夫妻に赤ん坊が出来た。待ちに待ったわが子の出現であった。

というのも、この夫妻は結婚したものの長い事、子供に恵まれず、養子をもらおうかという話もあったくらいだ。店を継いでくれる子供は何としても必要だったのだ。

そこへひょっこり裕而が生まれて来た。裕而は一家中の寵愛を受けて迎えられたのだった。五年後に裕而の弟の弘之が生れるが、待ち望んだ裕而の誕生ほど、周囲を喜ばせたものはなかった。裕而は生れながらに周囲を喜ばせる力を持った子どもだったのだ。

だからと言って、家族はこの子を甘やかして、スポイルさせる事はない。教養のある母によってきちんと育てられた。

ただ一つ、母の心配は裕而がおとなしすぎる事だった。近所の男の子のように棒切れをふりまわして遊ぶ事もない。

おとなしく蓄音機のそばに座って、一日中絵を画いて、うれしそうに笑っている。

「本当に変った子だね」

と祖母と母が笑う。

「たまには外で遊んでおいで」

と母に言われると素直に「うん」と言って、外に出て行く。裕而はぐるっと近所を廻ると、もう帰って来てしまう。

「あらまあ、もうおしまいかえ。本当に家が好きな子だねえ」

裕而は父にせがんで蓄音機を回してもらう。

父も蓄音機から流れる浪花節が大好きだった。ほかには民謡や吹奏楽を好んだ。使用人達の娯楽のためと言っていたが、自分自身の楽しみでもあったにちがいない。

裕而は父が蓄音機をかけると、側に来て、絵を描いた。蓄音機はすぐに終わってしまうが、裕而の頭の中にはいつまでも音が残されている。その音をもう一度引っぱり出して、もう一度楽しむ事が出来るのだった。

たまに父親が勢いの良い吹奏楽をかけてくれる事があった。心が浮き立つようなその音色を裕而はくり返し、頭の中に入れては引き出して楽しんだ。

「本当に変った子だねえ」

と周囲の者も言った。

夕方になると裕而の家の向いの教会の鐘が鳴った。裕而はそれを聞くのも好きだった。

静かな眠ったような田舎町であるのに、耳をすませば、たくさんの音が聞こえる。

小川の流れる音、山の鳴る音。日常の暮らしの中で、つい聞きもらしてしまうようなかすかな音も裕而は聞きのがさなかった。それらの自然の音の中に、裕而は早くからメロディーを見つけ出す力を持っていた。

そんな裕而が小学生になる。入学したのは福島県師範学校附属小学校だった。それはこの地方の恵まれた家の子ども達が入学する学校だった。つまり上質な教育を受ける幸せな子どもとして、裕而は成長したのだ。

阿武隈川(あぶくまがわ)が流れていて、懐かしい舟橋がかけられていた。その松齢橋は舟をつないで板を並べた洪水対策として役立つ舟橋だった。

裕而達はその舟橋をトントンと渡った。そこが師範の附属小学校だった。

松齢橋のたもとに小さな菓子屋があった。ここの大福餅(もち)がうまいと誰かが言い出した。「矢の餅」と言って、平べったい大福の真ん中にシソの葉を矢羽の形に切ったのがはってある。

甘いものに目がない裕而もその大福にはまった。昼休みに学校の木のさくを抜けて、菓子屋に通った。裕福な家の子ども達は皆、大福代ぐらいは持っていた。先生に見つけられても、先生方は笑って見逃がしてくれた。

「懐しいなあ」

とベッドの上の八十歳の裕而はつぶやく。とんとんと舟橋を渡る友達の足音まで聞こえて来そうだった。たくさんの音が昔に連れて行ってくれる。

山の音、川の流れる音、たくさんの音が裕而にメロディーを与えてくれた。そんなメロディーがいつの間にかこの少年の頭をいっぱいにしていた。

裕而が三年生になった時、遠藤喜美治先生のクラスに変わった。遠藤先生は音楽好きで有名だった。「音楽というものがどんなに素晴らしいか」を先生は裕而達にくり返し語ってくれた。

その時、裕而の中で眠っていた音楽への思いが溢れ出るように姿を現わした。遠藤先生は小学校三年生の幼い子どもに作曲まで教えた。

先生はまず言葉で表現する事を教えた。次に絵を画く事で心を表現する事を教えてくれた。

ついで、音楽を作るという高度な教育だった。それは裕而にとって、わくわくするような日々であった。

後から思い起こせば、裕而が一年生になった大正三年は、欧州で第一次世界大戦の始まった年である。

日本も日英同盟を結んでいた事から三国協商側、イギリス・フランス・ロシア側について参戦する。

戦いは幸運にも日本側の勝利となり、日本はドイツが所有していた南の島や中国の青島などを領有する事になる。

明治が始まって以来、富国強兵を目標として来た日本が日清、日露の戦いで勝利し、第一次大戦で勝利国側に立つ事が出来たのだ。

「日本はもっと強くならなくてはならない」と国民はふるい立つ思いだった。それで、子ども達の教育も強い子、賢い子、役に立つ子になることが望まれた。

遠藤先生が目指すような心を表現出来る子どもは、言ってみれば時代遅れの理想であった。

しかし、子ども達は皆この先生が好きだった。

特に裕而はこの先生にここで出会った事により、自分の持つ才能に目覚め、自分の進む道を見つける事が出来たのだった。

「今でもあの先生、あの遠藤先生の顔がまぶたに浮かぶ」

八十歳の裕而が目をつぶる。その目の中に遠藤先生のやさしい笑顔が浮かんで来る。裕而は先生の指導のもと、数字で音階を表し、曲を表現する事を覚えた。

「とんでもない事だ。小学生の作曲家だよ」

その頃の事を思い出して、裕而はニヤッと笑った。

裕而はクラスの中でも飛びぬけて、すぐれた作曲家だった。友人達はそんな裕而に歌を作ってもらいたくて、詩を書いては裕而の所に持って来た。

裕而は授業そっちのけで作曲に熱中した。友達は自分の詩に曲がついた事を喜んだ。裕而は作曲する事で人を喜ばす事を知ったのだった。一生、その作曲の道を歩き続ける事になるとはまだ思ってもいない。

「考えて見ればあの時がおれの出発点だったのだなあ」

「遠藤先生にあの時、出会った事がおれの人生を決めたんだなあ」

「懐かしいなあ。おれの作曲を喜んでくれた友の顔々」

「あれが作曲が人を喜ばすものだと気づかせてくれた最初だったんだなあ」

「そして、あれがおれのスタート地点だったのだ」

裕而はしみじみと思い出していた。「強い子、勝つ子」になれとは言わなかった遠藤先生の事を裕而はいつまでも考えていた。

そんな遠藤先生の唱歌の時間は特別に好きな時間だった。唱歌が始まる前は裕而はわくわくして胸がときめいた。先生は音楽の教科書のわくを越えて色んな童謡を聞かせてくれた。

折しも世には『赤い鳥』運動が起きていた。北原白秋や鈴木三重吉らが「わが子に真に芸術的価値のある詩や音楽を与えたい」と立ち上ったのだ。

つまり文部省唱歌に対する反旗だった。

白秋や三重吉は大正七年『赤い鳥』という雑誌を創刊して、一流の芸術家の詩や文学を並べ世界に胸をはった。子どもの歌や本に対して、超一流の文学者達が本気で良いものを与えようと考えてくれた事が、何よりも子ども達への贈物であった。

遠藤先生はその『赤い鳥』に発表された歌や文章を早速授業に取り入れて伝えてくれた。おそらく、これほど新しい授業は日本中さがしてもほかになかったのではないだろうか。

「先生のおかげで、新しい時代の空気にふれる事が出来た。仕合せな子ども時代だったなあ」

裕而は過ぎた日の仕合せを思って、涙した。

ちょうどその頃の事だ。裕而の母がどこからか小型の子ども用のピアノを見つけて来てくれた。それは黒鍵までついた本格的な楽器だった。

裕而は、「男の子が家の中にばかりいて」と心配していた母がいつの間にか自分の事を理解して、自分の道を応援してくれている事が何よりもうれしかった。

これまでは頭の中だけで作曲していたものが、音に出して確める事が出来るようになった。

少年作曲家・古関裕而はふるい立った。いくつもいくつも曲を作った。数字の音符だけで曲を作っていた時とくらべると大違いだった。

「思えば母は最初から、おれの音楽を応援してくれてたなあ」

としみじみと思う。

八十歳の裕而は、母の胸に抱かれていた幼い日の事まで思い出していた。

母は時代の求めるような勇ましい男の子ではなく、音楽にのめり込んで行く息子の心を理解し、支えてくれた。

この頃、裕而は音楽ばかりでなく、文章や絵にも興味を持っていた。遠藤先生のサジェスションを受けて、裕而の中で育っていた才能に火がついて、表現する能力が形づくられていった。

「今でも耳をすませば信夫山の山鳴りの音が聞こえる。阿武隈川のせせらぎが聞こえる。その中で育つおれは存分に仕合せだった」

と裕而はふり返える。

喜多三の店の若い者は「坊ちゃん、坊ちゃん」と裕而を可愛いがってくれた。

「いずれ坊ちゃんは喜多三の後を継がれて、オレ達の旦那様になるお方だ。大事にしないとな」

と言った。そんな若い衆達と一緒に裕而は蓄音機を楽しんだ。ちょうど流行（はやり）出した流行歌を彼等は喜んでいたっけ。

青春の日々

ベッドからながめる大きな雲が動き出した。

ゆらゆらと西へ走って行く。八十歳の裕而はふんわりとした雲をながめ懐かしい日々へと旅して行った。

大正十一年春、裕而は福島県立福島商業に入学した。商店の子弟は当然のように商業学校に進学する時代だった。喜多三の跡取りが運命づけられている裕而にとって、それはごく自然な成り行きだった。

誰ひとりその事に反対する者はいなかったし、ご当人も「そんなものだろう」とごく自然に商業の道に進んだ。

ここでの五年間も平穏無事な日々だった。裕而の中で芽生えた芸術へのあこがれは、この五年の間にも大きく育って行ったのだ。

商業科は裕而の好むところではなかったが、ここでもユニークな先生達との出会いがあった。東北の片すみの商業学校にも、その気になれば同じ志の先生が見つかったのだ。

国語の坂内先生は実は音楽好きで、国語の授業が脱線して音楽談義に費（つい）やしてしまう事もあった。

「卒業しても何か作曲してくれるかい？　詩を書くからさ。近頃はつまらぬ歌ばかりはやって困る」

と卒業間際に坂内先生言った。

「思いおこせば、おれの作曲人生で最初に注文をしてくれたのは坂内先生だったんだよなあ」

と裕而は懐かしく振り返る。

商業専門の学校でもその気になれば、音楽のチャンスはいくらもあった。

「何と言ってもおれをわくわくさせたのは、ハーモニカソサエティーの活動とレコードコンサートでの衝撃(しょうげき)だったなあ」

と裕而は振り返る。

まるで音楽学校に進んだような日々だったのだ。

「あのハーモニカの音色は今も心の中にある。大好きだったなあ」

裕而が目をつぶると、皆で演奏したハーモニカが聞こえて来るようだった。

ハーモニカは明治二十年頃、日本に伝えられた楽器である。最初ドイツ製が主だったが、第一次世界大戦でドイツからの輸入が止まると、大正五、六年から日本でも製造されるようになった。裕而が福島商業でハーモニカソサエティーに出会う頃はハーモニカは全盛を極めていた。

この誰でも気軽に音の出せる小さな楽器が人々に気に入られ、一気に普及して行った。

しかし裕而達が目指したものはもっともっと高度であった。最初は弁論大会の余興として四、五人の仲間と演奏しただけのものだったが、なかなか好評で本格的なハーモニカソサエティーに育って行った。裕而は『カルメン序曲』などの名曲をハーモニカ用に編曲したりして、まるで交響楽団が奏でる名曲のように仕上げるのだった。

一方で、柔道場で開く週一回のレコードコンサートも裕而の楽しみだった。音楽好きな丹治先生が買ったレコードの中から選ぶのは裕而の仕事で、曲の解説もつけて皆に提供した。

それまでレコードは高価なものでなかなか入手出来ないものだったが、昭和に入って、日本国内でもレコード盤を製造する事が可能になった。

クラシックばかりでなく流行歌のレコード化も盛んになった。佐藤千夜子の『東京行進曲』が一世を風靡（ふうび）していた。

そんな中で丹治先生はクラシック盤をたくさん集めていて、それを惜し気もなく生徒に提供してくれた。裕而はここでドビュッシーやストラビンスキーやムソルグスキーの曲に出会い、強烈な衝撃を受けたのだった。

「こんな音楽が西欧にはあったのか」

と雷に打たれたように驚いた。以後、独学で近代フランスやロシアの音楽に熱中して行った。

裕而の勉強の仕方はレコードを聞きながら採譜するというやり方だった。耳で聴いたものをパッパッパッと楽譜に書いて行く。裕而はそんな勉強法を誰に教わった訳ではない。

ただそうする事が楽しくて仕方がないのだった。現われては消えて行く音達を採譜する事で自分のものにする事が出来る。そんな音達が愛(いと)しくてならないのだ。

「そうだよお。あの時は至極、ぜいたくな時だったなあ」

年老いた裕而が思い出している。

同じ頃、裕而を魅了したものがラジオ放送の出現であった。大正十四年三月、東京放送局がラジオの電波を発信してラジオ放送は始まった。裕福な喜多三の店にラジオが置かれた時、裕而はその不思議な箱にすっかり心を奪われた。

早速この新しい文明の利器のシステムについて調べ始めた。

「なぜ遠くの音が電波に乗って届くのか」

そんな単純な疑問を解き明かし学友に示して見せた。

福島商業に『学而』という機関誌が誕生していた。裕而はこの雑誌の最初からの常連の書き手だった。ラジオの解説も『学而』に発表した。学友達が飛びついたのは当然の成り行きだった。

そして裕而は、ラジオにのめり込むあまり、自らを楽治雄（らじお）と書いて、ペンネームとした。古関楽治雄の名前で昔話「五色沼」を始め「音楽漫文」などを『学而』に発表し、すでに学校のスターだった。

裕而にとって、文章を書く事は曲を作る事と同じように自身を表現する事であった。

特に「五色沼」は十五、六歳の子が書いたとは思えぬ格調高い作品であった。

「五色沼」の舞台は地元の田や山であった。裕而が愛してやまない吾妻山の麓に住む長者夫婦と小金丸という美しい男の子がくり広げるドラマであった。

「本当にオレは生意気だったなあ。今見ると冷汗ものだが、若かったなあと思うよ」

遠くふるさとを見ようとするように、ベッドから体を起こした。そこには冬の空の下に静かに流れる水音が聞こえていた。

懐かしいふるさとに年老いた裕而の心はもどって行った。五色沼に帰って行く小金丸が裕而に手をふっている。五色に変る美しい沼に抱かれている裕而だった。

また、ある時は長文の音楽論「音楽漫文」を発表した事もあった。

「音楽は理屈やお玉じゃくしでは味わえるものではない。静かに聴け、楽しく酔え、それが本当の音楽聴衆だ」

と「音楽漫文」で主張している。

それを書いた日の事を思い出して、裕而は笑った。

「生意気なこと言っちゃって。若かったんだなあ」

裕而は照れくさく思って笑った。

「恥ずかしいけど、本当の事だよ。なあ雲よ。そう思うだろう。おれはこの思いを一生貫いて来たんだよ。『静かに聴け、楽しく酔え』それがおれの音楽だった」

そう裕而はつぶやくのだった。

裕而の青春は福島商業での光輝く日々だった。好きな音楽の道を充分に走り抜ける日々だった。

しかしここは音楽学校ではない。本業の商業を学ぶ所だった。裕而は子どもの頃から算数やそろばんは苦手。商業理論にも興味はわかない。

ついに三年から四年になる時、留年してしまった。大店の後取りが困った事である。それでも両親は何も言わなかった。母などは落ちこぼれている息子に「大丈夫。裕而は大物になる」と言って笑っている。

さすがの裕而も本業にも時間を割くようにした。喜多三の後継者とならなくてはならないのだ。音楽はどこまでも自分の喜びでしかないのだ。

裕而は心を決めて本業に立ち返り、まじめに商業に打ち込むようになった。古関家としてはやれやれである。

ところがそんな矢先である。思わぬ事が起きたのだ。あれほど盤石（ばんじゃく）に見えていた喜多三が倒産に追い込まれる事になったのだ。

裕而の父は人徳も才覚もあるすぐれた商人であったが、第一次大戦後の不況のあおりを受けて、喜多三の身代もひとたまりもなかった。おまけに人の良い裕而の父は、友人の保証人になった事で友人の借財までも背負ってしまったのだ。

一家は大町の喜多三を手ばなし、郊外の小じんまりした家に移った。父はその後も細々と呉服屋を営み、生活をつないでいた。

しかし、裕而にとっては生活の変化も大した問題ではなかった。相変らず高価な譜面を買いあさり、たまには父に小言（こごと）を言われたりしたが、のんきなものだった。

「今から思えば、あの頃オヤジは辛かったんだろうな。それで暇さえあれば浪曲をうなってたんだなあ。おれはとんでもない親不孝者で音楽の事で頭をいっぱいにしてたんだから。おふくろもおふくろで何にも言わなかった。平気な顔をして暮らしてたっけ」

おかげで裕而達子どもも暮らしの変化を平気で受けとめていた。倒産したとは言え、生活に困るという事もなかった。地方の資産家の底力というものだろうか。優秀な親戚もいた。そして裕而は、

「おれの道はただ一筋！　音楽の道を進むだけだ」

といつも思っていた。

川俣銀行時代

裕而は福島商業学校を昭和三年に卒業した。級友達はそれぞれの進路に旅立って行った。大抵の者が家業を継いで、それぞれの店の長に納まる道を選んだ。

彼等にとって、商業学校で学んだ事はすぐ役に立った。旧式な親のやり方に、覚えたばかりの商業理論をプラスする事で、家業の繁栄に貢献する事が出来たのだ。彼等は生き生きとしていた。

「それに引きかえ、おれは惨(みじ)めなものだ。継ぐべき店はもうない。

命がけで進みたい音楽の道は閉ざされている」

ほろ苦い青春の痛みが裕而をとらえていた。しかし十七歳の裕而はそんな痛みさえも栄養として、音楽の道を突っ走っていた。

もともと、彼のやり方は独学であったのだから、相変らず、作曲、編曲に打ち込み、作曲法も勉強して、これまで自己流であったやり方を卒業し、高価な楽譜を求める事によって、スコア（楽譜）が書けるようになった。

「全く手さぐりだったが、必死で学ぶ者には神も味方してくれるんだなあ」

と今、年老いた裕而はしみじみと思う。片田舎の非力な青年にも道は開けられるのだった。

その頃、裕而は福島商業の先輩、橘（たちばな）登の主宰する福島ハーモニカ・ソサエティーに入会した。入会してすぐに指揮を任された。指揮も独学だったが、完璧だった。

そして、ここでもオーケストラ用のスコアをハーモニカ・オーケストラ用に書き直して、会員に感謝された。メンデルスゾーンの『バイオリン協奏曲』やロッシーニの『ウィリアム・テル序曲』などをハーモニカで演奏しやすく編曲したりした。

ストラビンスキーの『火の鳥』を演奏した時など客席は騒然となり、歓声がやまなかった。「まるでオーケストラの演奏を聞くようだった」と口々に言ってくれた。裕而は大きな手応えを感じていた。

裕而の最初の聴衆はふるさとの同郷の人々であった。裕而の音楽は彼等によって支持されたのだ。裕而は「ふるさとの山はありがたきかな」と言った石川啄木の言葉を思い出していた。

大きな手応えを感じてはいたが、外から見れば定職にもつかない、中ぶらりんの音楽浪人にすぎなかった。

日夜、スコアを前に血の出るような苦闘を重ねている裕而だったが、傍（はた）から見ると「ブラブラしているなまけ者の若者」でしかない。

そんな裕而の行く先を案じた母の兄が手を差し伸べてくれた。

「家でブラブラしているのなら、行員が不足しているので、銀行に勤めないか」

と言ってくれたのだ。この伯父は川俣銀行の頭取をしていたのだ。伯父の言葉に甘えて、裕而は昭和三年五月、川俣銀行に赴任した。住まいも伯父の家に居候する形で決めた。

裕而は五月の陽光に輝く川俣町に住み始め、この町の美しさに心を奪われ、この町に住める仕合せを思った。

「今でも覚えているよ。広瀬川のほとりに、白壁の機屋が並んでいた。この町は古くから絹織物で栄えて来た。昭和初期にはこの町の製産する羽二重が輸出の花形となっていた」

だから銀行も潤沢だった。裕而一人の居候くらい、物の数ではなかったのだろう。

「今でも思い出すよ。広瀬川がキラキラ光って、館ノ山はどっしりと座っていたっけ。たった二年間だったけど、川俣町時代は楽しかったなあ。いとこ達とダンスをしたりして、遊んだ事もあったっけ」

川俣の思い出は今も広瀬川の川面のように光っていた。

母親の実家なのだから至極のんきな居候生活だった。三時に銀行が終われば、後は自由な時間である。裕而は近くの小学校の裏山に寄ったり、館ノ山に上ったりして、自然の中で音楽の勉強をし、作曲をした。

裕而にとって、実はこの時間の方が本業だったのだ。

「実は銀行にいた二年間は生涯の中でも一番充実していて、後の作曲家活動の基盤となった時だった」

と裕而はふり返える。

まず山田耕筰(やまだこうさく)の『音楽理論』『近世和声学講釈』という二冊の本によって、独習が出来た。

裕而は山田耕筰の熱烈なファンになった。「山田耕筰先生のようになりたい」と強く思った。

裕而が山田耕筰に自分の作った曲『平右エ門（へいねも）』の楽譜を送ったのは尊敬する先生に自分の実力を見て欲しかったからだ。

『平右エ門』は、「へへのへのへの　へいねもさまは　へへのへのへで　いねこいた」という北原白秋の詩だった。

何だかふざけた民謡調の詩だったが、裕而が福島商業を卒業した頃に作曲したものだった。

山田は裕而の力量をすぐに認め、「へのへのは面白いね」とほめてくれた。

後にこの曲は藤山一郎が歌ってレコードになった。

「山田先生にほめられた時はうれしかったなあ。天にも昇る気持だったっけ」

と裕而はふり返える。独学で音楽の道を突き進む裕而にとって、山田耕筰は最高の先生だったのだ。

その後、銀行員をしながら独学を続ける裕而の身に、びっくりするような朗報が届くのだ。

裕而が作った舞踊組曲『竹取物語』ほか四曲が英国ロンドン市のチェスター楽譜出版社が募集したコンクールで二位に当選したのだった。

昭和四年、二十歳の時だった。裕而の人生を引っくり返すような『竹取物語』の完成だった。

「今でもあの日の事は光り輝いて思い出される。特別の日だったなあ」

と裕而はふり返る。人の一生には時々このような特別な日ってものがあるようだ。

裕而はこの作品について、こう述懐している。

「福島商業学校五年生の時だった。例のレコードコンサートでストラビンスキーの『火の鳥』組曲を聞いた時のことだ。その素晴らしさに衝撃を受けたのだ。自分もこんな組曲を書いて見たいと強く思った。その時、頭に浮かんだのは、子どもの頃からなじんでいた誰もが知っている『竹取物語』だった」

日本で最も古く作られたとされるこの物語は非常にドラマチックで壮大なロマンだった。裕而は卒業期のあわただしい時も、銀行に勤め始めた時もこの作品の事で頭はいっぱいだった。

五年を経て、ようやく作品が完成した時、裕而は二十歳になっていた。ちょうどその頃、裕而はロンドンの楽譜出版社が発行している『チェスターリアン』という雑誌に全世界に向けて管弦楽の作品の懸賞募集の記事を見たのだ。思いついて、出来たばかりの『竹取物語』を送ったのだった。

見事に入選した裕而のもとには賞金四千円が届いた。

生まれて初めて裕而の作品がお金になった時だった。

ほかにロンドンに留学する栄誉もあったのだが、裕而はこちらは断念した。家庭の経済状態を考えての事だったが、もう一つ、思いがけない事態も裕而の身に起こっていたのだ。

『竹取物語』が結んだ恋

「あの時の騒動は何だったのかなあ。すごかったよなあ」
といま年老いた裕而はつぶやく。

世界的に認められた！　一無名青年の曲
一流音楽家に互して二等当選
福島市の古関裕而君

と書いたのは福島民友新聞である。

一無名青年、しかも地方銀行に勤務する一介の青年の快挙である。

〝福島県の生んだ医学者野口英世に次ぐ世界的な作曲家誕生〟とセンセーショナルに書かれる事もあった。

裕而はそんな風に大騒ぎされるのが好きでなかった。

「自分は好きな作曲をやっただけだ。当選は運がよかっただけ」

そう言って、生活を一つも変える事なく、相変らず銀行に通い、余暇は作曲をして過ごした。

そんな変らぬ裕而を見て、両親は裕而の入賞も知らず、新聞社が取材に来ると「初耳です」と答えている。

「応募した事さえ知りませんでした。ハーモニカばかり吹いてる変った子だと思ってました。時々、裕而宛に外国から書留が来てましたが、横文字の事ゆえ、全く読めません。チンプンカンプンです」

それが父の三郎治の言葉だった。それでも、両親がこの子を誇りに思った事はまぎれもない事実だった。

とにかく裕而の到達した頂きは大変なものであった。伝統と学歴を重視する日本の音楽界にとっても、無名の地方の青年が独学でこの賞を手に入れた事実は驚天動地の出来事であったという。

ただひとり、山田耕筰だけは裕而の実力を始めから認めていたので、当然の事と取らえていた。しかも裕而がイギリスへの留学を断念した事を非常に残念がってくれた。山田は、後に裕而がコロムビアの作曲家として採用される際も強く推薦してくれたのだった。

ところで、裕而の入賞の記事は全国的に報道された。その記事を読んだ女の子がいた。豊橋の馬糧商を営む家の娘だった。たまたま仕事場の名古屋から自宅に帰っていて、裕而の記事をみつけたのだった。

内山金子（うちやまきんこ）である。自らも働きながら音楽を学ぶ道を選んでいた金子は、姉に言ったそうだ。

「ねえ、この人すごいじゃない？」

「二十歳の無名の日本の青年がイギリスの作曲コンクールで入選した。彼は音楽学校に在籍しておらず、独学である」と言う新聞記事だった。

金子の心を魅きつけたのは、独学で作曲を学び入選を勝ちとった青年の情熱だった。「この人に会ってみたい」と金子は考えた。

しかももう一つ金子にはこの『竹取物語』に魅かれる理由があった。小学校五年の時、学芸会で金子はかぐや姫の役をやったのだ。それ以来金子のあだ名は「かぐや姫」となった。かぐや姫と友達に呼ばれるのを悪く思わなかった。誇りさえ思っていた。

だから「この『竹取物語』の楽譜を見せて欲しい！」と金子は言って手紙を出す事にしたのだそうだ。この辺りの事は金子の姉清子が書いている。

金子が心をこめて、裕而に手紙を書いたのはそれからすぐだった。

おそらく日本中からたくさんの手紙が裕而のもとに届いていた事だろう。金子の姉は、金子が返事を貰えなくて失望するのではないかと心配していたそうだ。

ところが裕而はたくさんの手紙の中から金子の便りにだけ返事を書いたのだった。

折り返し裕而から、

「お手紙拝見して、同じ道へ進みたい方からのお便りうれしく、楽譜は英国に送りましたが、こちらの控えを整理してまとめたら送ります」

との返事が来た時の金子の喜びは大変なものだった。

こうしてふたりの間に文通が始まった。共通の目標を持っているのでふたりはすぐに心を通わせる事が出来たのだ。

「思い出すなあ。金子と心が通い始めた頃のこと。一度も会った事もないのに金子が好きでたまらなかった。『竹取物語』が連れて来てくれた恋だったなあ」

裕而は音楽にのめり込むあまり、普通の青年のように恋をした事もなく、女性に夢中になる事もなかったのだ。

「金子と出会えて、おれの人生は豊かになったのだよ。金子、おれも近いうちにお前の傍に行くからね」

ベッドの上の裕而はつぶやいていた。

四年前、金子は乳癌を患い、四年間闘病生活をして死亡してしまったのだ。金子の享年は六十九。七十一歳の裕而が残された。

　美しと愛ずる汝が瞳をそのままに
　　抱きてゆかまし生命の果てに

金子はそんな辞世の歌を残していた。

その頃の裕而の気落ちは大変なものだった。

「それでも五十年、一緒に居られたのだ。おかげで仕合せだったよ」

金子と裕而は三ケ月の文通の末に結婚し、音楽という共通項に導かれて、五十年の歳月をともに生きた。

五十年の道のりには生活の不安な時もなかった訳ではない。金子にはもっと安定した暮らしの出来る結婚だってあった筈だと思うときもあった。でも彼女は言ってくれたんだ。

「私は人生に夢を持っているの。だから平凡な道よりも力を生かして行くような人が好きだったの」

金子はドラマティックソプラノの持ち主で、音楽学校にも進学したがっていた。それだけに裕而の音楽への取り組みについての理解も深かった。

「おれは良い相手を見つけたものだ。金子のおかげだよ。良くおれみたいな当てにならない男について来てくれたなあ」

と八十歳の裕而は振り返る。

「君がいなくなってから、おれは心棒がなくなっちゃって、寂しかったよ。でも君のおかげで三人の子どもと孫の幸子まで持てたのだ。彼等がやさしくしてくれて、救われてるよ」

と裕而は天国の妻に甘えるようにつぶやいた。

「それにしても」と裕而はもう一度、五十年前の事をふり返る。そして、

「若い時ってのは思い切った事をするもんだなあ」

とふり返るのだ。

あの時、三ヶ月ほどの間、二人は文通を続けた。知れば知るほどたがいの存在が貴重なものと思えて来た。

驚いた事にふたりは実際に会う前に結婚を決めてしまったのだ。裕而が金子の許に出かけて、結婚を申し込むまで、三ヶ月ほどの早さだった。

その後、裕而の父親が内山家を訪れ、正式に結婚を申し込む。内

山家ではすでに父親が亡くなっていたので、姉の清子と母親が応対に出た。

裕而の父親はいかにも実直な人物であったから、内山家の人々もすぐに信頼したとのことだった。裕而の父は大店の呉服店を自分の代でつぶしてしまった事まで内山家で説明している。財政の事もあって裕而の英国行きが実現されなかった事も知らされた。

燃え上ったふたりの気持はもう誰もとめられない。

ついに昭和五年六月一日、ふたりは福島市でつつましい祝言を挙げた。夫裕而二十歳、妻金子十八歳であった。

二人の新居は古関の家の蔵だった。この年五月には裕而は川俣銀行を退職していた。音楽家として生きて行きたいと心は決まっていたが、定まった仕事がある訳ではなく、収入の道もみつかっていなかった。

これまでの貯えと親からの支援によって二人は新生活を始めてし

まったのだ。

「無謀だったよなあ」

「若いって事は思い切った事が出来るんだなあ」

とその頃を思って胸を熱くする裕而だった。そして、

「希望があれば逆境でも生きられるんだなあ」

と老いた裕而は懐かしく思い出すのだった。

この年の九月、裕而は後の世に残る仕事をなしとげている。

福島商業時代の恩師坂内萬先生との約束であった歌が完成したのだ。坂内先生は「詩を書いたら作曲してくれるかい」と卒業間際の裕而に言ったのだ。

国語の先生であり、音楽にも強い関心を持っていた坂内先生と裕而は、風呂屋通いや音楽会なども一緒に行ったものだ。

「そんな音楽会の折、裕而はその日の曲目の楽譜を全部持って行って、聞きながら譜面を目で追っていた」

と後に先生は記している。

藤原義江や永井郁子などのリサイタルが福島市公会堂で開かれたが、坂内先生にさそわれて、そんなリサイタルに出かける事は裕而の何よりの楽しみ事であったのだ。

そんな坂内先生が昭和初期、不況の世相を反映して頽廃的、刹那的流行歌が学園内に入って来るほど蔓延する様を憂いて作詩をした。

学校の中ではせめて良い歌を歌って欲しいとの願いから生まれたのが『福商青春歌』であった。坂内先生の詩をいただいてからほんの短時間で曲は出来た。詩はそれほど素晴しかったのだ。

春の光のうららかに
溶けて流るる
阿武隈の

岸の桜の下影に
吹く草笛の音ものどか
光り満ちて恵溢る
吾等の若き日よ
永劫に

この詩を裕而のもとに持って来たのは当時五年生のひとりの生徒だった。裕而の弟の友達である。ちょうど上京の直前で忙しい時だったので、その子を待たせておいて一気に書き上げた。裕而の青春の日への別れの瞬間でもあった。

家庭を持った以上青春とは告別しなければならない。青春への熱い思いが裕而の中でメロディーとなって溢れていた。大好きな坂内先生の詩も素晴らしかった。

お使いの少年を玄関に待たせておいて一気に作ったこの『福商青

春歌』と名づけられた歌は長く皆に愛され、歌いつがれて行く。

昭和三十七年のことだ。ＮＨＫテレビが『歌は生きている』と言う番組を作った。東北代表として選ばれたのが福商だったが、堂々と『福商青春歌』が紹介されたのだ。

坂内萬先生の名も全国に伝えられたのだった。そんな誇らしいテレビ番組を見てから坂内先生はわずか五年で、六十八年の生涯を終わってしまった。

福島の地に『福商青春歌』の歌碑が建ったのは先生没後十年を経た時だった。裕而と坂内夫人とが除幕式に出席した。

「先生にお見せしたかった」

と裕而はその時、先生の奥さんに話した。

「でも、先生が亡くなっても青春歌はこの地に生き続け、若い人達に歌われ続けるのですね。先生の思いは永遠に生き続けるのです」

と裕而は歌碑に話しかけていた。

そんな日が来るずっと前の事だ。

裕而はあわただしく、『福商青春歌』を仕上げた後、金子と上京の支度に取りかかった。

実家の蔵で暮らしていた裕而夫妻に朗報が入ったのは秋の始めの頃だった。コロムビアからの作曲家として専属になるようにという報せだった。

後で分かったのだが、この時コロムビアの顧問であった山田耕筰の推薦によるものだった。東京で声楽の勉強がしたかった金子は大喜びで上京を決めた。裕而にとっても迷いはなかった。

しかし後から考えれば、ずい分無謀な決断ではあった。だが若いふたりは前へ前へと進んで行く。

荷物片手に

若いふたりがわずかな荷物を手に、東京に出たずうっとあとのことだ。裕而は昭和三十二年に映画『雨情物語』の主題歌を作った。野口雨情作詞の『荷物片手に』は森繁久弥によって歌われた。裕而はこの詩を見た時、若い日の自分達の事を思わずにいられなかった。

こんな恋しい
この土地捨てて

どこへ行くだろ
あの人は

どこへ行くのか
わしゃ　知らないが
荷物片手に
傘さげて

わしも行こかな
この土地捨てて
荷物片手に
あの人と

この歌のように荷物片手にふるさとを後にして、確かな暮らしの道も見えぬまま、裕而と金子は東京に出て来た。

着いたその日から泊る場所も決まっていない。

とりあえず、金子の長姉が住んでいた阿佐ヶ谷の家を頼り、ここで二ヶ月ほど居候生活をする。裕而にとっては、妻の姉夫婦の世話になる事は辛い事であった。

しかし、コロムビアに正式に採用されると一ヶ月三百円の給料が支給される事になった。金子の義兄の給料が百二十円の時だった。

やれやれとホッとするが裕而達はすぐに気がついた。この破格の給料には印税の前払いの性格があるのだ。

「とにかくヒット曲を出さないと大変だ」

裕而は緊張した。

作曲には自信があるが、果たしてそれがヒット曲になるか否か。

「あの頃は先行き不安な明け暮れだったなあ。それでも二人は若くて、希望でいっぱいで、こわいものなしだったなあ。それだって、金子がいたから、やって来られたんだ。金子は自分の目的のためにはまっしぐらに走って行く女性だったんだ」

と、年老いた裕而はふり返る。

この後、ふたりは世田谷の代田に居を定めた。金子が強く望んだ帝国音楽学校に通うのに便利だったからだ。裕而はこの初めてのふたりの住まいが何よりもうれしかった。

春三月、

多摩川堤には　早、若草が萌え出ます。

朝夕、美しい富士の姿を窓から見て元気です。

と裕而は故郷の友人に書き送っている。

仕合せそうな二人の新生活が伝わって来る。

その上、世田谷の住まいの近くには、福島出身の伊藤久男がいた。

後の話だが、裕而の作曲する曲を専属のように歌って、コンビでヒット曲を連発する事になるのだ。

　中でもこのコンビが生み出した『イヨマンテの夜』は、のど自慢大会で盛んに熱唱されるヒット曲となった。

　しかしまだその頃は、世田谷の片すみで無名に近かった古関裕而と伊藤久男は音楽への夢を語り合っていたのだった。同じふるさとを持つふたりの話は尽きる事がなかった。

　伊藤久男は明治四十三年、福島県本宮町に生まれた。本名四三男（しさお）だった。郷里も裕而と近く生まれた年も近いのに、ふたりは福島時代には会っていない。

　伊藤久男は親の希望で農業学校に学んだ。しかし音楽への道を強く希望して、もんもんとしていた。東京農大に通う頃、裕而と知り合った。ふたりはすぐに意気投合し、裕而のすすめによって、久男は金子と同じ帝国音楽学校に進学した。

昭和七年、伊藤久男はコロムビアの歌手としてデビューする。昭和十二年、裕而の作曲した『露営の歌』を歌って大ヒットとなる。歌というものは作詞する人の思い、作曲者の思い、最後にそれを歌ってくれる歌手がいて、完成するものである。

気心の知れた裕而と久男は最高の組合せとなって、成功を重ねて行く時代が来るのだ。

もうひとり、裕而の成功の助けとなってくれる作詞家がいた。野村俊夫である。野村俊夫というのはペンネームで本名は鈴木喜八と言った。

裕而の生まれ育った福島の大町の呉服屋、喜多三の前の通りに面して魚屋があった。喜八はこの魚屋の息子で裕而より五歳年上だった。

喜八は近所の子ども達の中でガキ大将的存在だったが裕而にはやさしかった。

　その後、鈴木家は転居してしまう。裕而と同じ福島商業学校へ入学したが、家庭の事情と健康上の理由で就学をあきらめている。他家で奉公(ほうこう)した後、以前から希望していた新聞記者となる。

　ガキ大将の喜八ちゃんは実は文学好きの青年に育っていたのだ。福島民友新聞の記者をしながら福島文壇で活躍していた。新聞の文芸欄を担当していたのがきっかけだった。

　裕而の音楽と同じように、野村の作詞も全くの独学だった。そんな野村に上京をすすめたのは裕而だった。野村の文才が福島で終わるのは惜しいと思った裕而は、彼に上京をすすめた。

　裕而の時と同じく、上京したとしても詩人としてやって行けるものかどうか、自信はなかった。昭和六年、野村は上京する。裕而自身が海のものとも山のものとも分からない時だった。野村の東京での苦労も筆舌に尽し難いものがあった。

　昭和十四年、野村は正式にコロムビア専属の作詞家となる。

その翌年、昭和十五年に裕而作曲、野村作詞の『暁に祈る』が世に出た。

ああ　あの顔で　あの声で
手柄頼むと　妻や子が
ちぎれる程に　振った旗
遠い雲間に　また浮かぶ

この一曲で裕而と野村はコロムビアでの地位を獲得し、生活も安定するのだが、それまでふたりには今しばらくの苦難の日が過ぎた。

コロムビアに入社した裕而に、最初のレコード発売の仕事が来たのは昭和六年だった。この時、『福島行進曲』『福島小夜曲』が世に出た。

『福島行進曲』は裕而と野村との最初の仕事だった。レコードの裏面は『福島小夜曲』で竹久夢二の作詞である。夢二は早稲田大学の同窓生に福島出身の助川啓四郎がいて、彼の招きで福島にやって来て、福島ホテルの客となった。

滞在中、夢二展も開かれた。裕而が川俣銀行に勤めていた頃、昭和四年の事だ。会場には夢二の手になる詩と画で『福島小夜曲』が飾られていた。その詩に感動して、裕而はその詩を全て書き写して来た。

早速この詩に曲をつけ、夢二にささげるつもりで福島ホテルに持参したのだった。これが夢二と裕而の交流の始まりだった。夢二自身もまさか自分の詩がレコードになるとは思ってもみなかったのだろう。

遠い山河尋ねて来たに
吾妻時雨て見えもせず
荷物片手に

奥の細道とぼとぼ行きゃる
芭蕉さまかよ日のくれに
信夫お山に帯ときかけりゃ
松葉散らしの伊達模様

裕而は『福島行進曲』とこの『福島小夜曲』を最初のレコードに選んで、愛する福島にささげる事にした。二曲とも裕而と金子がまだ福島にいる頃に出来ている。

裕而は竹久夢二や藤原義江などが福島に来ると勇敢にも楽譜を持って、彼らの宿舎を訪問している。

紹介状も口利きもいっさいいらない。芸術を愛する心は必ず通ずるのだった。

「それにしても田舎の若造によく会って下さったなあ。おれは図々しかったなあ」

年老いた裕而はつぶやいた。あの頃が懐かしくてたまらないように窓の外を見上げた。

竹久夢二にはもう一度会う機会があった。裕而が金子と結婚した直後、再び福島で夢二展が開かれたのだ。

裕而は金子を伴って、夢二に会いに行った。

夢二は金子に自分の絵と詩の書かれた扇子を気軽に与えてくれた。夢二ファンの金子は非常に喜んだ。新婚で何もプレゼント出来ない裕而にとって、ありがたい心使いであった。

「あの時の金子の喜んだ顔！　今も思い出すなあ。何にも喜ばせてやれない夫のおれだもの。夢二先生のおかげだなあ」

福島小夜曲のレコード化の事から、そんな事まで思い出すのだった。

『福島行進曲』の野村の詞もなかなかだった。

胸の火燃ゆる宵闇に
恋し福ビル引き眉毛
サラリと投げたトランプに
心にゃ　金の灯愛の影

「あの喜八ちゃんがねえ。こんな詩を書く人になっているとはねえ。弱虫の私をいつもかばってくれたガキ大将の喜八ちゃんがいつの間にか立派な詩人になってたなんてなあ」

と老いた裕而がつぶやく。

当時は『東京行進曲』などを代表する地方新民謡がブームになっていたのだ。『福島行進曲』も鳴物入りで発売され、福島のレコード店主催のレコード発売会まで開かれたが、期待したほどには大した成績を上げられなかった。

「あの時はちょっとがっかりしたなあ。世の中、そんなに甘くはないんだと身にしみたっけ。でもおれは最初のレコードにこの二曲を選びたかったんだ。悔いはなかったよ」

過ぎ去った遠い日の事を思って裕而は胸をいっぱいにした。

『紺碧の空』

昭和六年の裕而は忙しかった。まず『平右エ門』がレコードになった。北原白秋の民謡調の詩に十八歳の裕而が曲をつけていた。山田耕筰にその曲を送って、「へのへは面白ね」とほめていただいたものだ。これを藤山一郎が歌って吹き込んだ。

続いて『紺碧の空』の話が舞い込んだ。声楽を勉強している同郷の伊藤久男の従兄に伊藤茂という人がいた。この人は早稲田大学の応援部に籍を置いていた。

この頃、野球の早慶戦は学生ばかりでなく一般の人にまで人気があって、試合の度に盛り上っていた。花形の選手もたくさん出て、娯楽の少ない時代の楽しみになっていた。特に両校の応援合戦は盛んでファンを熱くさせた。

早稲田の『都の西北』と慶應の『若き血』の応酬だった。しかし、早稲田は負ける事が多くなった。『若き血』には勝てない。新しい応援歌が欲しい。『若き血』を叩きつぶすような歌が必要だ。と皆が思い始めた。

まず、学校の中で歌詞募集が始まった。昭和六年四月に応募作品が集まった。西條八十(さいじょうやそ)に選を依頼した。素晴らしい作品が集まったが、何と言っても住治男(すみはるお)の『紺碧の空』が群を抜いていた。西條八十はこの詩を選んだ上でこう言った。

「曲が問題だ。山田耕筰とか中山晋平級の大家に頼まなければ駄目だよ」

　この一言は早大生達にとって大変なプレッシャーだった。この時、伊藤茂は「古関裕而に作曲させてくれ」と友人の間を説いてまわった。

「新人だが、国際コンクールで二位を取った優秀な奴なんだ」

と茂は必死だった。裕而なら良い曲を作ってくれると信じていたからだ。しかし裕而が二十二歳でずぶの新人と聞くと、皆は心配になったのだ。

　しかし茂の説得は強烈だった。

「今、古関に頼まないと後悔するぞ」

ついには強迫だった。茂はもともと応援団長だったのだ。早稲田のためにこれほど熱心な男はいないのだ。

「それほどまでに伊藤さんが言うのなら、その人に賭けて見よう」

と言う事になった。

裕而のもとに作曲依頼に来たのは当然ながら茂だった。裕而はそれらのいきさつは知らなかったが、悪い気はしなかった。名誉なことだと思った。

「分かりました。早稲田のためにいい曲を作ります」

とこの仕事を引き受けたのだった。

「しかし、あれには手こずったなあ」

と老いた裕而は思い出していた。作曲の事であれほど戸惑った事はない。

ピッタリ来るリズムがなかなか浮かんで来ないのだ。いつもなら求められるメロディーが自然に頭の中に浮かんで来るのに、この時ばかりは簡単に行かないのだ。

間もなく新曲の発表会だと言うのに曲が上がって来ないので、応援団員達は毎日古関家にやって来る。ひげを伸ばした猛者達が七人、八人やって来ては安普請の家を動きまわるので、床がぬけるのではないかと気が気ではなかった、と裕而はふり返る。

こうしてついに『紺碧の空』は完成した。その上、この応援歌が歌われる中、早稲田は伊達投手の三日連投で栄冠を獲得した。ラジオはこの様子を実況したので『紺碧の空』は日本中に広まったのだ。合わせてその作曲者、古関裕而の名も伝わって行った。

そんな日から五十年近くも経った昭和五十一年、早大大隈庭園に『紺碧の空』記念碑が建てられた。

「金子も存命であったから、彼女も喜んでくれたっけ」

裕而は『紺碧の空』を口ずさみながら、当時を懐かしんだ。

『紺碧の空』の成功により、裕而がスポーツ音楽を得意とするという評判が立ち、その後、『日米野球行進曲』『都市対抗野球行進曲』『大阪タイガースの歌』（通称・六甲おろし）『我ぞ覇者―慶應義塾大学応援歌』『ドラゴンズの歌』『巨人軍の歌』『早慶賛歌―花の早慶戦』等を作った。

興味深いのは「巨人」と「阪神」、「早稲田」と「慶應」のような宿命のライバルの両方の応援歌を裕而が作っている事である。

熱く燃え上る戦いの場で応援合戦も過熱する。そこで歌われる応援歌がどちらも同じ作者の作品なのだ。

その事が少しもおかしくないのだった。やがて、古関裕而は「日本のマーチ王」「和製スーザ」と呼ばれるようになる。

若い時から裕而はスポーツには縁のない生活をして来た。体を動かすよりは譜面に向かっている方が楽しい青年だった。

その裕而の体の中にいつの間にか体を動かして、体をぶつけ合って戦う若者達の美しさがメロディーとなって、わき上がって来るようになったのだ。

それはスポーツに対するあこがれの気持かも知れない。後に服部良一に「行進曲やスポーツ歌は古関さんにはかなわない」と言わしめたものである。

そんなマーチ王の名をわが物とする前のことだ。

昭和六年十一月、アメリカ野球チームが来日し、東京六大学選抜チームと対戦する事になった。日本にはまだプロ野球チームはなかったのだ。

アメリカ野球チームの来日は早くから話題となっていた。そこでコロムビアは読売新聞とタイアップして、歓迎の歌を作る事になった。スポーツ歌の得意の古関に依頼が来たのだ。作詞は久米正雄だった。

米国チームの歓迎会は日比谷公会堂で開かれた。裕而はこの日、燕尾服姿で指揮をした。燕尾服は金子がどこかで調達して来たものである。

日本にたった一つしかなかった新交響楽団の演奏である。大合唱団も寄せ集めであったが、古関のつむぎ出すオーケストラの響きは人の心を打つのに遜色はなかった。歓迎会も作曲も大成功であった。まだ二十二歳の裕而なのだ。コロムビアとしても面目を施す快挙であった。

しかし、裕而の立場はまだしっかりしたものではなかった。当時日本は大陸に満州国を強引に建国し、それを守るために戦力をつぎ込み始めていた。

昭和六年九月十八日、柳条湖事件をきっかけに満州事変が始まり、十五年戦争への歩を進めていた。しかし国内の者は大陸の事情には疎く、戦争の大変さを知る由(よし)もない。

ただ庶民は漠然とした不安を抱え、享楽的なものに気持をごまかそうとしていた。そんな人々が求めるのは、明かるいスポーツ歌と同時に感情的な流行歌謡だった。

裕而はまだ人々の求める歌謡を作り出してはいなかった。焦るような気持で裕而は日を送っていた。大ヒット曲を作らねばならないと強迫されるように思っていた。

『露営の歌』

悶々とする裕而は、ある時松尾芭蕉の生き方を考えていた。芭蕉は一生を旅から旅に送り、名作を残した。漂泊行脚(あんぎゃ)によって自分の世界を深めて行った。

裕而は考えた。自分にも「旅」が必要なのではないか。実際にその土地に行って見なくてはならないと考えたのだ。

同じように作品で行きづまりを感じていた作詞家の高橋掬(きく)太郎と旅に出る事にした。行先は水郷(すいごう)の潮来(いたこ)だった。裕而は以前から潮来に行ってみたいと考えていたのだ。

思った通り潮来は美しかった。

高橋は水郷への旅の中から『利根の舟唄』を書いた。同じ風景を見て来た裕而は、メロディーが体の中から沸いて来た。メロディーに尺八を使って、完成させた。

『利根の舟唄』は大ヒットとなり、高橋も裕而も安堵したのだ。

「やっぱり旅だねえ。実際に行って見ることだね」

二人は強く思うのだった。

次いで、昭和十年には同じコンビで『船頭可愛や』が発表された。

夢もぬれましょ
汐風　夜風
船頭可愛や
エー　船頭可愛や

波まくら

歌詞もよかった。歌ったのは新人の音丸だった。音丸は日本橋の老舗の下駄屋のおかみさんだった。歌うことが大好きで、本格的な指導を受けていたのだ。当時は市丸や勝太郎など、うぐいす芸者と呼ばれる流行歌手が人気だった。

音丸もそんな芸者歌手になぞらえて命名され、この曲で世に出た。詞も曲も歌手も新鮮だった。

戦争への坂道を転げ落ちて行こうとする世相の中で、圧倒的支持を受け大流行となった。そして、裕而も高橋もコロムビアでの立場を築く事が出来たのだった。

一方、裕而の家庭の中では昭和七年に長女雅子が生れている。裕而は初めて人の親となったのだ。心ははずんだが、まだ作曲家としての確固たる地位もなく、宮田ハーモニカバンドでアルバイトするほどだった。

二年後の昭和九年、次女紀子(みち)誕生。二人の女の子に恵まれ、裕而の家庭は明かるく楽しいものとなっていた。

「父親になる事がこんなに仕合せなこととは！　この子等のためにも良い仕事がしたい。そうおれは張り切ったんだよなあ」

と年老いた裕而はしみじみと思う。

「それもこれも金子のおかげだよ。子ども達は音楽が好きで家族で音楽会をしたものだ。懐かしいなあ。あの時の歌声まで聞こえて来そうだよ」

昭和十二年夏、二人の子どもも五歳と三歳になり、少し親の手を離れた時だった。裕而と金子に満州旅行のチャンスがあった。金子の弟が満州で仕事をしていて、呼んでくれたのだ。

考えて見れば新婚旅行もしてなかった裕而夫妻である。この旅は二人にとって、意義深いものとなった。

裕而は懐かしく思い出す。特に日露戦争の激戦地、旅順戦跡では強い衝撃を受けたのだ。

「血、肉の飛び散ったであろう大地に立つと、力で奪う国の領土争いの悲惨な犠牲の痛ましさに感慨無量だった。」

と裕而は自伝に記した。水師営で同行の人々とともに写真に残るのは、大きな帽子をおしゃれにかぶった金子と白いスーツ姿の裕而である。

ここで見た戦争の悲惨さは後の裕而の戦争歌謡に大きな影響を与える事になるのだ。戦いの犠牲になる人々の哀しみ、辛さが裕而の戦争歌の根底に流れる事になる。

裕而夫妻が満州に旅立った同じ七月、盧溝橋（ろこうきょう）事件が勃発した。日中戦争が本格的になったのだ。

新聞紙面は一夜にして戦争色に様変りする。慰問袋や千人針が推奨（すいしょう）される紙面で埋め尽くされた。

大阪毎日新聞社と東京日日新聞社が共同で戦時歌謡を募集したのはこの時だった。第二席に入選したのが薮内喜一郎の『露営の歌』だった。

勝って来るぞと勇ましく
誓って国をでたからは
手柄立てずに死なりょうか
進軍ラッパきくたびに
まぶたに浮かぶ旗の波

裕而はこの詞に哀愁を帯びたメロディーをつけた。兵士達の出征の折には必ず歌われる事になるのだが、作られた当初は売れ行きは思わしくなかった。

それに火がついたのは前線の兵士達の間からだった。勇ましく出征する兵士を送る歌にしては物哀しく、淋しい楽曲であったが、兵士達はこのメロディーに言い尽くせない情愛を感じたのだ。裕而の思いはようやく伝わる。

レコードは売れ出し、ついにレコード界未曾有の売れ行きに至った。

『露営の歌』は全国に知れ渡り、ついに福島の裕而の父の耳にまで届いた。それまで裕而の作品については興味を示さなかった父だが、会う人ごとに「裕而さんは偉い。大したものだ」と称賛され、ようやく『露営の歌』に気がついた。

日本中の人が歌っていると聞いて、父はつぶやいたそうだ。

「よかった。裕而が作曲家になると言って東京に出て行く時、親戚の者が言ったんだ。『演歌師の片棒かつぎが関の山だろう』と。もうそんな事は言わせないぞ」

父は得意気であったと言う。その話を聞いて裕而は「これでやっと親孝行が出来たかな」と笑った。

しかし、それから間もなく、父三郎治はあの世に旅立ってしまった。『露営の歌』の親孝行だけを道ずれに三郎治は旅立って行った。六十六歳の生涯だった。

裕而が上京した後もひとり旧家を守り、細々と商売を続けていた。「思えば実直な父であった」と裕而は泣いた。

一方、兵士達の心をつかんだ裕而に新しい仕事が舞い込んだ。昭和十三年の事だ。中支派遣軍慰問団の一員に選ばれ、中支に送られる事になった。その目的は「従軍と実戦を体験してもらいたい」という軍からの要請であった。

「当時の日本男児として、どうして断わる事など出来ようか」

戦場に送られるのだ。心を妻や子ども達に残しての出発だった。

中国の九江で、軍楽隊の演奏会に裕而は出席した。そこで『露営の歌』の作曲家と紹介され、挨拶を求められた。

裕而は、兵士達を前にすると、この兵士達は間もなく戦いの場に出て行き、一体何人が生きて帰れるのかと思うと、胸がつまって何も言えない。

「親たちはどんなに待っている事だろう」などと思うと涙があふれ出る。

何も言わずにただ泣いている作曲家に兵士達は心を動かされ、『露営の歌』の演奏に聞き入ったと言う。

「あの日の事は忘れられない。戦争とはむごいものだ」

とあらためて、裕而は思うのだった。

中支派遣軍慰問団には詩人の西條八十も参加していた。当時の戦地への慰問団には文化人と呼ばれる人、作家や画家が参加を要請されたのだった。

裕而が大陸に渡る頃、すでに日中戦争は本格化し、戦争を短期決戦で終らせようとする日本は、大量の兵士を大陸に送り込んでいた。

それに対し、中国側の抵抗もエスカレートして行く。日本の兵士の犠牲者も増えて行く。

慰問団は兵士とともに数日を送り、兵士の苦難を体験するのだった。

昭和十五年、日本は皇紀二千六百年の記念式典を開催した。皇居前広場には五万五千人が集まりお祭ムードに酔った。しかし戦争は終わる事なく過熱して行くばかりだった。

陸軍馬政局は、愛馬思想普及を目的とした映画『暁に祈る』を松竹で作る事になり、主題歌を裕而に依頼して来た。

この時、裕而は作詞者におさななじみの野村俊夫を選んだ。歌ったのは伊藤久男であったから福島育ちの三人組によってこの名歌は生まれた。

ああ　あの顔で　あの声で

手柄頼むと　妻や子が
ちぎれるほどに　振った旗
遠い雲間に　又浮かぶ

野村のこの詩に裕而は一気呵成に曲をつけた。中支戦線で従軍経験をして来た後なので、兵士の気持にそって曲は生れた。大人も子どもも婦人達も皆この歌が好きになった。家族と兵士の心をつなぐ歌でもあった。

二番は「ああ　堂々の輸送船」と続く。そのせいか船出の歌として歌われる事が多かった。かんじんの愛馬精神の普及のための三番は少し忘れられがちだった。

しかし大衆はこの歌を強く支持した。それは軍歌でも戦争歌でもなく、果てしない望郷の歌だったからだ。戦場の兵士の心にあったのは懐かしい故郷の香りであり、忘れられない山河であった。

『暁に祈る』は当初の目的も映画主題歌という事も関係なく、戦争の時代を生きる人々の間に広まり、出征兵士を送る歌ともなった。

街々で人々に歌われ、文字通りのヒット曲となったのである。

「別におれは戦争の煽動者でも何でもない。ただ、あの息苦しい時代を生きる人々にエールを送りたかっただけだ。皆でこの時代を生き抜こう！　と応援したかっただけだ。それなのに戦後になって戦犯呼ばわりされるなんて」

年老いた裕而は、あの時代の中で歌を作った不運をあらためて思い出すのだった。

昭和十六年、日中戦争に解決を見ないまま日本は対英米戦を覚悟するようになり、十二月ついに開戦が発表される。

日本のハワイ真珠湾攻撃によって戦いのひぶたは切って落とされた。米英中蘭の対日経済封鎖網、いわゆるＡＢＣＤ包囲陣によって、日本の経済は逼迫し、国民の生活は困窮を極めた。しかし、開戦は

『露営の歌』

多くの国しかし、民によって支持されることになった。「この戦いに勝つ」事が国民全体の目標になっていた。しかし日本軍のミッドウェイ海戦でのまさかの大敗北をきっかけに戦局は悪化して行くが、国民に真実を知らされる事はなかった。

昭和十八年、東宝は海軍航空隊の予科練生の映画『決戦の大空へ』を作る事になった。その主題歌を作る仕事が裕而に依頼された。作詞は西條八十だった。

西條と裕而は土浦航空隊に一日入隊をし、若き航空士の生活をつぶさに見学をした。

若き血潮の　予科練の
七つボタンは　桜に錨
今日も飛ぶ飛ぶ　霞ヶ浦にゃ
でっかい希望の雲が沸く

この詩を与えられた裕而はいつになく苦戦した。なかなか「これは」というメロディーが沸いて来ないのだ。

結局、長調と短調の歌が二つ出来た。そこでこの二曲を土浦に持って行くと「生徒に聴かせて選ばせよう」と言う事になった。

生徒達が選んだのが短調の方だった。『若鷲の歌』が生れた。映画『決戦の大空へ』も大ヒットで、映画を見終った若者たちが「七つボタンは桜に錨」と歌いながら出て来るのだと聞かされ、裕而はうれしかった。

またまた大ヒットだった。予科練を志望する若者の数も増えて行ったのだった。それが裕而の罪だろうか。若者を戦争の道に煽動したと言う事になるのだろうか。

開戦のニュースを聞いた時、裕而はこう言った。

「誰がどこでどのような勝算を持って戦争を開始したのか。始まった以上、勝たねばならない」

それはその時代を生きていた日本の国民、みんなの思いであったはずだ。

そして作れば大ヒットというすぐれた作曲家ゆえに国の求めに応じて、その後も裕而は、昭和十七年に『空征く日本』（作詞野村俊夫）、昭和十八年『あの旗を撃て』（作詞大木惇夫）などを作った。

問題になったのは『比島決戦の歌』である。昭和十九年のことだ。生きづまるフィリピンでの戦況を打破すべくこの歌が企画された。作詞西條八十、作曲古関裕而に依頼が来た。曲が完成した時、軍部はとんでもない要求をして来た。

歌の中に敵将、マッカーサーとニミッツの名前を入れるようにというのだ。これに関しては西條は強く反発し、断り続けたのだが、軍部は強引だった。ついに西條は折れてふたりの名を入れた歌が完成した。

「出て来い、ニミッツ、マッカーサー」と宣伝幕まで上げられた。

行きづまる戦争の終末的あがきのような出来事だった。

小学校でもルーズベルトの写真に石を投げるなどという幼稚な行動が命じられていた。

戦後、この曲のために西條と裕而は戦犯に問われるのではないかと危惧された。

しかし裕而は動揺しなかった。泰然としていた。悪夢のような戦争が終わった事を喜んでいた。

だがそんな日がやって来るまで苦難の日が続いていた。昭和十七年秋、三十三歳の裕而は南方慰問団派遣員となり、徳川夢声ら十数人の文化人とともに、シンガポールからクアラルンプール、ビルマまで前線の兵士達を慰問し、ねぎらった。

昭和十八年の新年を裕而はクアラルンプールで迎えた。ホテルの庭に集められた兵士達の前で裕而は『暁に祈る』を演奏をした。兵士達は涙をこぼして喜んでくれた。一月末に帰国、一ヶ月に及ぶ旅であった。

最愛の母を亡くしたのはこの二年後、昭和十九年、再び派遣団として、ビルマに送られた時のことだ。

すでに母は福島で病床についていたし、東京には幼い子供と妻がいた。何とか派遣を断ろうとしたが、そんな願いは一顧だにされない。心を残して再び南方に旅立った。

裕而を待っていたのはペストやコレラに犯された兵士達。彼等は裕而の音楽を待っていた。

自らもデング熱にかかって、死を覚悟するほどだった。間もなくこのインパール作戦の失敗がようやく認められ、裕而達はからくも帰国する事になったが、サイゴンに向う途中で母の逝去の知らせを受ける。

母の葬儀は裕而の帰国を待って一ヶ月後に執り行われた。裕而の音楽への夢を早くから応援してくれた母、裕而の成功を誰よりも喜んでくれた母、その母との別れも遺骨となった姿への哀しい別れであった。

そして、戦局は悪化の一途をたどり、東京の空にも連日、敵機が飛来するようになる。もう人間の住める所ではない。裕而は家族を福島に疎開させる。

ちょうどその頃、裕而に召集令状が届く。これまで数回の軍の慰問をして来た裕而には召集が来る筈はないと信じていた。あわてて問い合せると、本籍の福島で本名に対して令状が出されたものと判明するが、一旦出した令状は取り消せない。一ヶ月だけ兵役をつとめるよう言われ、横須賀海兵団に入団する。

一方、空襲をのがれて福島に疎開していた家族も、福島も危険となり飯坂に移る。裕而は東京に残り放送局の仕事をした。

こうしているうち、ようやく日本はポツダム宣言を受諾して、終戦を迎えた。

裕而の戦後初の仕事は、世話になった飯坂町の小学校の校歌作曲だった。その発表会では金子が歌い、長女の雅子がピアノ伴奏をした。

帰京前のあわただしい時だったが、裕而の作曲した校歌を家族が演奏する楽しい体験だった。こうして長い苦しい時代は終わった。

戦争は終わった

「あの時ほど惨めな心持だった事はない。情けなかったよなあ」

と八十歳の裕而はふり返る。

日本の国土のほとんどを焼け野原にして、何もかもを失って、戦争は終わった。たくさんの兵士を戦場で失い、二つも原子爆弾を落とされて戦争は終わった。

皆、一生懸命だった。子どもも女も年寄りも勝利を信じて生きていたのだ。

戦犯と言うなら、日本国民すべからく戦犯だった。

裕而は、音楽を通して戦争を応援して来た。八月十五日、敗戦が決定されると、今までの何もかもが否定されたのだ。

「一体この絶望の中からどう立ち上がれば良いのだろうか。目の前がまっ暗になった」

と裕而は当時を振り返る。それは日本中の人の思いであったろう。食べるものも着るものも住む家もない人々を、どう励ませば良いのだろうか。

裕而は考えた。

「自分の出来る事で打ちひしがれた人々にわずかでも希望の光を与えたい!! それしかないだろうな。おれには」

そんな事を考えていた裕而のもとに戦後初の仕事が舞い込んだ。

昭和二十年十月、ＮＨＫラジオ局からラジオドラマ『山から来た男』を菊田一夫と古関裕而に担当してもらいたいと言う連絡だった。

菊田一夫とは昭和十二年、放送局で放送劇音楽を依頼された事から出会った。

再び菊田と一緒に仕事をする日は、戦後早々にやって来たのだ。敗戦によって打ちひしがれた国民のなぐさめとなり、励ましてくれたのはラジオであった。

そんな思いをくんで裕而は『山から来た男』の主題歌を作った。その後もたて続けに連続ドラマが作られ、菊田と裕而の気心はますます通い合うようになって来た。

「楽しかったなあ。菊田さんと仕事をした時は。菊田さんは小柄で鼻の下にひげをはやしていて、少しどもったよな。おれもどもりだから、そういう所も好きだった」

とベッドの上の裕而は懐かしむ。

昭和二十二年、映画『音楽五人男』の主題歌として、裕而が作ったのが『白鳥の歌』と『夢淡き東京』だった。

『白鳥の歌』は若山牧水の短歌を歌にしたものだ。

白鳥は哀しからずや
　空の青　海のあをにも
　　染まずただよふ

哀しい敗戦国の人々の胸に、この歌はしみじみと染みて行った。

この年の夏、連続ラジオドラマ『鐘の鳴る丘』が始まった。焼け野原の東京には、親を失い家を焼かれた子ども達が浮浪児となって生きていた。日本中には十万人を越える戦災孤児が路上をさまよっていたのだ。

これは占領軍にとっても大きな問題となり、救済の対策が急がれた。そのキャンペーンの一つとして、ラジオドラマ『鐘の鳴る丘』が企画された。

緑の丘の赤い屋根
とんがり帽子の時計台
鐘が鳴りますキンコンカン

作詞は菊田一夫で、作曲が裕而だった。裕而は幼い時、家の前にあった教会の鐘が鳴るのを楽しみにする子どもだった。

ラジオドラマには毎夕、この明かるい曲が流れた。当時は録音技術も進んでいなかったから、毎夕、歌手の川田正子も裕而もＮＨＫに駆けつけて行って演奏をするのだった。裕而の弾くハモンドオルガンも好評だった。

戦災孤児ばかりではなく、戦後を生きる日本中の子ども達がこの主題歌で生気を得た。そうでなければ、昨日まで「戦争に勝つために努力せよ」と大人達に言われて来たのに、一夜明けたら「あの戦争はまちがっていた。日本は悪い戦争をしたのだから反省しなくてはいけない」と言われたのでは子ども達も立つ瀬がない。

そんな子ども達が裕而の曲で希望を取りもどしたのだ。

この主題歌『とんがり帽子』は、裕而の母校、福島商業の応援歌として今でも歌われているという。

GHQは本気で日本の行く末を考えてくれた。まず民主主義を定着させ、教育改革を試みた。小中学校が六三制になり、すべての子どもが中学校で学べるようになった。高等学校も新制となった。

その時、戦中禁止されていた全国中等学校野球選手権大会が全国高等学校野球選手権大会として生まれ変わる事になった。新大会を喜ぶ歌が作られる事になった。

歌詞は全国から募集する事にして、作曲は古関裕而と決定した。裕而は一等になった『栄冠は君に輝く』を受け取り、甲子園球場に出かけて行って、高校野球のイメージをふくらませた。

そのせいもあって『栄冠は君に輝く』は大成功で、また一つ戦後の日本に希望を与える楽曲となった。新しい時代にふさわしく、実にさわやか行進曲となった。裕而はいよいよ「行進曲の名手」と言われ、その名を高めた。

しかも名曲というものは命の長いものである。昭和、平成そして令和と時代は流れても『栄冠は君に輝く』のメロディーに乗って、若者達は誇らしく行進するのだ。

戦後の裕而は、座る間もないほど忙しい時間をすごしていたが、古関家にとって、素晴らしい事があった。長男正裕の誕生である。ふたりの女の子に恵まれて裕而も金子も充分仕合せであったが、欲を言えば男の子が欲しかった。

正裕の誕生は裕而を非常に喜ばせた。「男の子は良いなあ」と何回も思ったものだ。

そんな喜びとは別に、裕而には戦後果たさねばならない大きな仕事がたくさんあった。

まず、『長崎の鐘』の作曲だった。広島、長崎に二つの原子爆弾が落とされ、その悲劇からの立ち直りは容易な事ではなかった。

長崎の永井隆博士の著作『長崎の鐘』が世に出たのは昭和二十四年の事だった。永井博士は長崎医科大学の助教授であったが、被爆の前にすでに白血病となっていた。その後、八月九日、長崎の原爆投下で被曝。動脈切断の重傷を受けていたが、被曝者の救護活動などに尽力していた。その頃すでに妻は原爆により死去していた。ふたりの子どもは山の奥の妻の実家に疎開していて無事だった。

著書『長崎の鐘』や『この子を残して』は戦後すぐに書き上げられていたが、ＧＨＱの言論統制に引っかかって、出版が見送られていた。

二冊が世に出るやたちまちベストセラーとなった。サトウハチローはこの二冊を読んで感動し、詩を書いた。裕而はそれに曲をつけ藤山一郎が歌った。

こよなく晴れた青空を
悲しと思う　せつなさよ
うねりの波の人の世に
はかなく生きる　野の花よ
なぐさめ　はげまし　長崎の
ああ　長崎の鐘が鳴る

歌は気品に満ちて壮厳で、人々の心をとらえずにおかなかった。

当の永井博士が裕而に手紙を送っている。

「唯今、藤山さんの歌う、『長崎の鐘』の放送を聞きました。私たち浦上原子野の住人の心にぴったりした曲であり、ほんとうになぐさめ、はげまし明るい希望を与えていただけました。作曲については、さぞご苦心がありましたでしょう。この曲によって全国の戦災荒野に生きよう伸びようと頑張っている同胞が、新しい元気をもっ

て立ち上がりますよう祈ります」（昭和二十四年四月二十五日）

その後永井博士と裕而の間に手紙の行き来が続いた。博士は短歌に寄せて裕而に心を語っている。「新しき朝の」という題がついていた。

原子野に立ち残りたる悲しみの
　聖母の像に苔つきにけり
新しき朝の光のさしそむる
　あれ野にひびけ長崎の鐘

裕而は早速この短歌に曲をつけて博士に送り届けた。博士を訪問するという歌手の池真理子と式場隆三郎博士に託したのだ。池真理子が早速歌ってくれたそうだ。

博士は「私は心の澄み切るのを感じつつ聴いていました。原子野が忽ち浄化されて行くように思われました」と喜んでくれたが、同名の曲を藤山一郎も作曲して、メディアの前で歌い始めたので、裕而は博士に送っただけで、発表を控えてしまった。

平成六年になって裕而のこの時の楽譜が見つかって、四十五年ぶりに裕而の『新しき朝の』がよみがえったのだった。

昭和二十六年、永井博士は二人の子と美しい精神をこの世に残してあの世に旅立ったのだった。その後、映画にもなった『長崎の鐘』は日本中に広まり、戦中のすべての悪を洗い流すような清い風を皆に送ったのだった。

「おれは『長崎の鐘』を作曲出来て本当によかった。永井隆という素晴しい人と心を通わす事が出来た。おれは果報者だよ」

と老いた裕而は、しみじみと自分が作曲家である仕合せを思っていた。

そんな裕而は家に帰ると、幼い正裕と鉄道模型を並べて遊んだ。

息子の正裕より自分の方が夢中になって遊んだ。遠い昔、福島駅の近くの跨線橋の上で乳母と見ていた汽車のひびきを思い出していた。

子どもと夢中になって遊ぶ夫を見て金子はおかしくてたまらなかった。

「もう四十歳になるのに。男の人は一生、男の子ね」

そんな金子のために裕而はオペラを書いた。『朱金昭』など三篇のオペラを作って金子に贈った。見事なドラマティコソプラノで歌った金子を見て、裕而は自分の仕事に追われ、金子の夢を達成させてやれなかったのだと深く反省するのだった。

「荷物片手に」、ふるさと後に出て来た二十年前が思われた。

「後のまつりだな。せめてあの時三篇のオペラを作った事が罪ほろぼしかな」

と笑った。

『君の名は』大ヒット

『鐘の鳴る丘』が大好評で終わろうとしていた時、菊田一夫は裕而に次作の相談を持ちかけていた。彼の中にはすでに、さくらんぼの実る山里の貧しい子どもが心暖い大人に出会い社会に出て行く、明かるいユーモアのある話を書きたい、という構想が出来ていた。

しかし、舞台となる山奥の自然いっぱいの村が見つからなかった。その時、裕而は戦争中に疎開していた福島の茂庭(もにわ)村のことを思い出していた。

菊田にその話をすると、すぐ乗り気になって、ふたりは茂庭に向かった。平家の落人（おちうど）のかくれ里と言われる茂庭は秘境であった。あまりの山深さに菊田は驚いだようだったが、分教場などを訪れ、子ども達に接すると菊田の中でドラマはずんずん形作られて行った。
こうして『さくらんぼ大将』は世に出た。もちろん裕而が主題歌を作った。いささか、自信を失っていた日本中の子ども達を元気にするドラマとなった。

春の川ぎし　青葉のかげに
さくらんぼ　かくれんぼ　さくらんぼ
赤いほっぺた　さくらん坊大将
今日も元気で　口笛吹けば
青い空には　ちぎれぐも

昭和二十六年、ドラマの成功を受けて、菊田、裕而、古川ロッパ、夏川静江、七尾伶子ら出演者など二十二名が茂庭を訪問した。飯坂温泉で一夜を過した。裕而はこの時、誰よりもうれしかった。

自慢の福島を皆に見せる事が出来たのだ。茂庭はほんとに美しい素朴な村であった。いつまでもそのままで！　と願う裕而の思いとは逆行して、今ではダムが出来、道路が出来、開発は進んでしまった。

六郎太という少年がいて、さくらんぼ実る静かな村のあった事も昔話となってしまった。裕而は今でもときどき『さくらん坊大将』を口ずさむ。昭和四十八年、菊田が死んでしまった事は、金子に死なれたときと同じように辛かった。

でもそんな日が来るまで、しばしの蜜月が菊田との間に残されていた。

『君の名は』の誕生である。

昭和二十七年の春のことだった。戦争が終わって七年が経った。

前年にはサンフランシスコ講和条約が結ばれ、日本は長い占領時代に別れを告げ独立の夢を果した。

そうなると、あの悪夢のような戦争時代も余裕をもって振り返る事が出来るようになる。

あの恐しい空襲さえも思い出話のネタになる。菊田一夫とは、そういう人の心をとらえるのに非常に長けた作家だった。『君の名は』は東京数寄屋橋近くで空襲に合った美男美女が恋に落ちる。「君の名は」とたずねると再び空襲がやって来る。「元気だったら来年の今日、ここで会おう」と誓って、名も知らぬままふたりは別れる。

こうしてドラマは始まる。

ＮＨＫラジオドラマであったが、木曜日『君の名は』が始まる時間には、銭湯の女湯がカラになると言われるほど、女性達を魅了した。

裕而はもちろん主題歌を担当した。

君の名はと尋ねし人あり
その人の　名も知らず
今日砂山に　ただひとり来て
浜昼顔に　聞いてみる

音楽には裕而のハモンドオルガンが入っていて、ドラマを盛り上げた。
早速映画化がされた。愛するふたりの行く手に次々と障害が現われて、なかなか結ばれない。主人公のふたりを当時最高の美男美女と言われた佐田啓二と岸恵子が演じたのだが、ラジオを聞いて、勝手にイメージをふくらませていた者は、このふたりでは不満で、もっともっと美しい男女であって欲しかった。

ハモンドオルガンで始まるラジオの『君の名は』は「忘却とは忘れ去る事なり。忘れ得ずして忘却を誓う心の悲しさよ」とナレーションが入る。それは女達を酔わせるのに充分なお膳立てであった。

ラジオも映画も大ヒットだった。松竹も収益金が多大に入り、『君の名は』が松竹本社ビルを建てたと言われるほどだった。

裕而にとっても『君の名は』の大ヒットは輝かしい事だった。日本中の男女が熱狂するドラマの音楽を担当出来たのだ。

「菊田さんとおれはご機嫌だったよなあ」

とまた、空を見ながら裕而は振り返る。

その後も菊田と裕而の蜜月は続いた。昭和三十一年から四十三年までの十三年間に約五十編のふたりの仕事が続いた。裕而は五十編の作曲をしたのだ。これらはふたりの舞台活動だった。東宝劇場でのそれらの仕事の中で裕而は五十編も作曲していたのだ。

「後から考えても良くやったと思うよ」

裕而は、若くて子どもの時から作曲を続けて来た事が、ここでようやく花開いたのだと思った。そればかりではなかった。

昭和二十八年になると、人々はいよいよ戦争の暗い時代を通り抜け、新しい世を生きようとしていた。それゆえ、戦争の悲惨さをふり返る事ももう平気だった。むしろ、ふり返りたいという意識を持つようになっていた。

『ひめゆりの塔』という映画が出来た。沖縄の悲劇をも平気で見られるようになった。

裕而は主題歌を作曲した。作詞は西條八十だった。

首途(かどで)の朝は愛らしき
笑顔に母は振りかえり
ふりしハンケチ　今いずこ
ああ　沖縄の　夜あらしに

悲しく散りし　ひめゆりの花

裕而はひめゆり部隊で散って行った少女達への追悼の思いを曲にこめた。

映画も大入り満員の大成功で、傾きかけた東映が立て直ったと噂されたそうだ。

沖縄の悲劇に対しても冷静に直面し、沖縄の犠牲に素直に申し訳なさと同情を寄せる事が出来るようになったのだ。

『ひめゆりの塔』の主題歌は伊藤久男が歌って映画を盛り上げたのだが、なぜかヒットしなかった。

「分からないもんだよなあ。おれはいつも作曲の仕事を一生懸命やるのだけど、大ヒットしたり、しなかったり。そういう不安定な世界を生きていたんだなあ」

と裕而は一生を振り返って思うのだった。

『ひめゆりの塔』より二年前、作詞家の丘灯至夫と組んで作ったいくつかの歌があった。それも忘れられない歌だった。思い出の歌のことを記憶しておこう。

それは昭和二十年終戦の年の春だった。東京山の手は二度目の大空襲を受けた。古関家は辛うじて焼け残ったが、近所は焼け野原となった。裕而は子ども達を福島に疎開させる事にした。

その福島も危なくなって、子ども達を飯坂温泉に移す事になった。金子は裕而とともに東京に残っていたのだが、子ども達を飯坂に移すために福島に向かった。

その金子が福島で腸チフスにかかり重態となってしまったのだ。その事を裕而にいち早く知らせてくれたのが西山安吉という毎日新聞の記者だった。西山は裕而の福島の家の二階に間借りしていた。

後にコロムビアの専属作詞家になる丘灯至夫（おかとしお）である。西條八十の門下生で活躍の機を待っていた。

「何で、丘灯至夫をペンネームにしたの？」

と、裕而がたずねると、ケロリとして彼は答えた。

「新聞記者は押しと顔がきく。これを逆に読むとほら〝おかとしお〟」

などと言う。面白い奴だった。彼は脊椎カリエスという病いを持っていて、身長も百五十センチ位しかなかった。

丘灯至夫と裕而が組んで、いくつものヒット曲を出すことになる。

その第一作は昭和二十六年の『あこがれの郵便馬車』だった。

南の丘を　はるばると
郵便馬車がやってくる
うれしい便りを乗せて
ひずめのひびきもかるく
耳をすまして　ごらんなさい
ホラホラホラホラホラ　やってくる

郵便馬車は　夢の馬車

この曲が第一作で、以降「ケーブルカー」「ヨット」「高原列車」と続いた。乗り物の歌ばかりだった。「人工衛星空を飛ぶ」というのまで作った。丘灯至夫は言った。

「自分は子どもの時から遠足にも行けなかった。だから詩の世界で動き廻るのだ」

後に『高校三年生』を作って作詞家として大成した男だった。

後年、裕而と丘が会った時、

「よく乗物の歌を作ったね。まだ作らないのは乳母車(ベビーカー)と霊柩車だけだね」

と笑い合った。

本当に面白い男だった。丘には裕而の曲ではないが『東京のバスガール』というヒットもある。

昭和二十六年と言えば、もう一曲忘れられない歌がある。『ニコライの鐘』である。

青い空さえ　小さな谷間
日暮れはこぼれる涙の夕陽
姿変れど　変らぬ夢を
今日も歌うか　都の空に
ああ　ニコライの鐘が鳴る

裕而は思い出していた。おれの曲には鐘が多い。『鐘の鳴る丘』『フランチェスカの鐘』『時計台の鐘はなる』「スポーツの鐘が鳴る』。「鐘は鳴りひびいたよ、おれの人生の中で。それで自伝を書いた時『鐘よ鳴り響け』という題にしたんだよ」
鐘の鳴りひびいた後が『君の名は』だった。その成功を受けて、昭和二十八年、菊田一夫と裕而が「ＮＨＫ放送文化賞」を受賞した。

「遅いくらいだよ」ふたりはつぶやく。

　受賞の後の挨拶で、菊田は、

「古関裕而とは良いコンビでやって来ました。僕の放送劇に特徴があるとすれば、古関の音楽のためです」

　と言ってくれた。

「これを聞いた時、うれしかったなあ。彼と仕事するのは本当に楽しかったもの。おれの人生の中で菊田さんと出会えた事は幸運としか言いようがない」

　年老いた裕而は涙を流していた。窓の向こうで雲が動いた。

　昭和三十一年からも新しい仕事が待っていた。東宝ミュージカルが始まったのだ。「恋すれど・恋すれど物語」が手始めだった。

　ミュージカルは裕而がやって見たかった仕事である。またしても張り切って取り組んでいた。

その舞台の初日の事だ。裕而はオーケストラボックスで倒れた。胃潰瘍だった。安静にせよと言われて、自宅で療養していた。がむしゃらにやって来た報いかとしばらくのんびりしたが、病状は良くならない。ついに外科手術をする事になり胃の四分の三を摘出した。

薬や注射も医者も嫌いで何一つ検査もして来なかったが、幸いに癌でなかったので一ヶ月余りで仕事に復帰出来た。やれやれと思ったのも束の間、今度は東宝劇場が公演中、炎上する災難に出会う。結局、ボヤの失火事件として片づけられたが、警察官との折衝など煩わしい事もあった。

「人生色々あるよなあ」

当時を思い出しながら裕而はつぶやいた。

『オリンピック・マーチ』

昭和三十二年、東宝本社ビルの中に芸術座が作られた。菊田の新しい活躍の場である。芸術座のこけらおとしは『暖簾（のれん）』だった。音楽担当はもちろん裕而である。森繁久弥、三益愛子の出演で二ヶ月公演して大好評を博した。芸術座は菊田が望んだような理想的な芝居が見せられる劇場であった。

以後、昭和四十七年まで約四十篇の作品の公演を行った。話題になった作品をあげて見ると『がめつい奴』『がしんたれ』『放浪記』『サウンド・オブ・ミュージック』などであった。

裕而はそれらの作品の全ての音楽をまかされた。菊田と裕而の蜜月が続いた。何よりも信頼し合っている事が仕事の成功につながったと言う事だろう。

昭和四十八年、菊田一夫逝去の日までゆるぐ事のない友情は続いた。日本人の暮らしも向上し、気楽に芸術作品を楽しめる時がやって来ていたのだ。

そんな中でも昭和三十九年は裕而にとって特別な年だった。「東京オリンピック」の年になる。五年前、昭和三十四年、オリンピック東京大会が決定していた。オリンピックについては昭和十五年、東京開催が予定されていたのだが戦況悪化のため開催権を返上していた。

戦後再び招致の働きかけを始め、昭和三十九年の東京開催が決定したのだ。

日本経済は一気に活気づいた。日本人の心にも励みとなった。代々木の国立競技場や駒沢競技場、日本武道館、渋谷公会堂などが建設されたのだ。

東京じゅうが昭和三十九年に向かって躍動を始めたのだ。高度成長へ連動させる活動があった。東京の街々で道が掘りおこされ、古い建物がこわされ、新しい東京に生れ変わろうとしていた。念願だった東海道新幹線がついに開通された。首都高速道路も開通した。一般道路も拡張される。その際、路面電車も撤去された。

裕而はそんな東京の激しい変貌をまぶしい思いで見つめていた。

「変わるなあ。東京も」

朝食の後のコーヒーを飲みながら裕而はつぶやいた。朝の光がいっぱいに窓に届き、金子が立ち働いていた。

「あの朝のことはなぜか忘れられない」

おれ、五十五歳、金子、五十四歳。子ども達は皆大人になって、家をはなれた。

金子と二人だけになると、あの「荷物片手に」ふるさとを出て来た頃の事を思い出す。不安で仕方なかったけど、何だか希望に燃えていた。

「若かったんだなあ」

裕而は老いた今も、いくつかの忘れられない風景を持っていた。

東京の街がバタバタと変る昭和三十八年、裕而にオリンピック組織委員会とNHKの両方から『オリンピック・マーチ』を作曲するようにという要請があった。

「それを聞いた日はうれしかったねえ。うれしくて、スキップして家に帰ったものだ」

嫁ぎ先から里帰りしていた雅子に大声で告げたものだ。

「聞きなさい。お父さんはオリンピックの行進曲を書くように言われたのだよ」

その時、雅子は、

「父がなぜそんなに喜びの声を上げるのか分かりませんでした。まるで子どもみたいに」

と思ったそうだ。これまでだって、たくさんの大きな仕事をして来たのに、たくさん歌も作って来たのにと思った。

しかし裕而にとって、東京オリンピックへの思いは特別のものだったのだ。アジアで最初のオリンピックだ。苦難の日々を越えて来た日本人が今このとき、世界に胸をはれるのだ。その深い喜びを曲にこめたいのだ。

裕而はがんばった。当時のことを裕而自身はこう言っている。

「開会式に選手が入場する一番最初に演奏され、しかもアジアで初めての東京大会であるという事から、勇壮な中に日本的な味を出そうと苦心しました。そこで初めは、はつらつとしたものにし、終わりの部分で日本がオリンピックをやるのだということを象徴するために『君が代』を一節、取り入れました」

それは昭和三十九年十月十日だった。前夜までの雨で洗われていた神宮外苑スタジアムの空は雲一つない絶好の日本晴れであった。

裕而は来賓席の一番前列にすわってその時を待った。ファンファーレが鳴って、『オリンピック・マーチ』の演奏が始まる。選手達の行進である。参加国九十三、選手の数五一五二人。アナウンスは「オリンピックマーチ、作曲古関裕而」と説明していたが、誰の耳にも入らない。

福島のふるさとの人々だけは、はっきりと「古関裕而」の名を聞いていた。「福島の誇りだよ」と皆は喜んでくれた。

「あの時ほどうれしかった事はないなあ。音楽をやって来てこの時を迎えられた事はどんなごほうびを頂いたよりも光栄だったなあ」

と裕而は振り返る。

この『オリンピック・マーチ』を聞いた日本中の人が泣いた。何だか分からないけど、テレビの前で泣いた。

「日本人がやっとここまで来たのだ。色々あったけど、ここまで来た。このマーチが私達を祝福してくれている」

戦争が終った時「日本人は悪い戦争をしたダメな国民だ」と世界から後指（うしろゆび）をさされたが十九年を経た今、ようやく自信を回復出来た。

裕而の『オリンピック・マーチ』はその象徴であった。専門家も言ってくれた。

「東京オリンピック入場行進に使われた『オリンピック・マーチ』は、特に厚いハーモニーに支えられた旋律も格調高く、曲の完成度からみても秀でており、古関音楽の最高の傑作だと思います。荘厳な祝典をも感じさせる出来栄えで、今後も名曲として演奏されて行くことでしょう。」（中島賢司）

「おれはただ、体の中から溢れて来るメロディーを譜面に写しただけなのだ。五十五歳になるまで見て来たふるさとの風景や、日本が通って来た苦しい道のり、そして旅の空で見た天空。そんなものがこの一曲になって溢れ出て来た。それがそんなにほめられてありがたいよなあ」

裕而はあの日の抜けるような青空を思い出しながら、考えていた。

六十歳になった時、裕而は「紫綬褒章」というものをお国からいただいた。これは「学術・芸術分野における優れた業績に授与される褒章」だそうだ。

裕而は服部良一と同時受章だった。前にも書いたが、この時、服部は「マーチ、行進曲にかけては古関の右に出るものはいない」と言ってくれた。褒章もありがたかったが、服部の言葉も勲章だった。

「金子と二人、金屏風の前に立たされた時の晴れがましさったらなかったよなあ」

「生きていると良い事もあるよなあ。その時おれと金子、六十歳、五十九歳。ふたりともおしゃれをして、精いっぱい気取って金屏風の前に立ってたよなあ」

そんな栄光の日を裕而はふり返っていた。

昭和四十七年、札幌冬季五輪のために『純白の大地』を作曲した。これも好評だった。

その翌年、昭和四十八年、菊田一夫が死んだ。芸術座の『道頓堀』が菊田と裕而の最後の仕事になった。森光子主演で大阪のカフェの世界を描いたもので、ロングランとなり、大好評を得た作品だった。

菊田が亡くなったと電話で告げられた時、裕而は居間にへたり込んだ。全身の力が抜けて行くような喪失感だった。

菊田は前年末から体調をくずして入院していたが、裕而が見舞いに行くと、

「コ、コーセキさん、冬までにオペラをやろうよ。面白いアイデアがあるんだよ。ミュージカルもやろうよ」

前にも書いたが、菊田は裕而と同じで、ちょっとどもる。それで古関のことをコ、コーセキさんと言った。

目を輝やかせてオペラのアイデアは秘密だと言いながら、内容についてしゃべった。その声は張りがあって、仕事をしている時と少しも変わらなかった。

「今年の暮はまた忙しくなるよ。コーセキさん倒れちゃダメだよ」

逆に裕而に檄(げき)を飛ばしていたのだ。その菊田が暮のある朝、六十五歳の命を終わってしまったのだ。

裕而にとって、菊田は仕事の相棒以上の存在だった。互いを尊敬し合い、好き合っていた。ふたりの仕事の成功は、そんな男と男の結びつきのなせる業だったのだろうか。

「懐かしいよお、菊田さん。ふたりの気持は仕事となって生き残っているんだよお」

年老いた裕而は空に向かって叫んでいた。

金子との別れ

あんなに元気で太陽のように輝いていた金子が病いに倒れた。昭和五十一年の事だ。病名は乳癌だった。

当時は癌という病名は病人には隠すという習慣があった。医師も家族に病人のいない所で告げる事になっていた。

裕而は日赤病院の一室で金子の病名を告げられた。すぐに金子は手術を受ける。無事に手術も終わり、ご機嫌で家に帰って来た。

「これからだって、オペラを歌うわよ」

と金子は張り切っていた。

金子はどこまでも前向きだった。しかしそれを聞いて、裕而はハッとした。金子が抱えていた夢は何一つかなえてやる事が出来なかったのだ。

その金子が夢をかなえたわずかな時があった。昭和二十四年のことだ。

創作オペラ『朱金昭』は裕而の作品であるが、これに金子は藤山一郎、山口淑子らと出演し、そのドラマティックソプラノの声で、周囲をうならせた事もあるのだ。これらは放送オペラとしてＮＨＫラジオで放送されたものだが、残念ながら残される事はなかった。

金子は素晴しい素質を持っていたし、努力もする女性だったが、三人の子どもの世話に追われ、夫である裕而のサポートも手がぬけず、時は過ぎてしまった。

裕而は、

「おれのせいだよ。おれを生かすために自分の夢を犠牲にしてしまったんだよ」

裕而は金子に何とわびていいか分からなかった。

金子は、裕而の作曲が世に認められるたびに心から喜んでくれた。仕事に行きづまった時は適切なアドバイスをしてくれる。どんなに励まされたことか。

「おれは金子と二人で仕事をして来たんだと思うよ。それなのに、おれは一体どれだけの報いが出来たのだろうか」

金子は手術に成功するとそのまま元気になって、もとの生活が出来るのかと思ったが、そうは行かなかった。

間もなく二度目の手術、病院も日赤病院から東大病院、癌センターと入退院をくり返した。不安な四年が過ぎた。

菊田を失い、その上、金子に倒れられ、裕而は呆然としてしまった。何をどうしていいか分らない。このふたりが裕而にとって、どれほど大切な人であったか。

「あの時はもうお先まっ暗だったよなあ」

と裕而はふり返る。

「お父様の方が心配だ」

と子ども達は言い合っていた。

病状は悪化して行くというのに金子は気丈で、病室にスケッチブックやノートを持ち込んで、一時も無駄にしなかった。

「やっと私の時間が出来たわ」

と入院すらも楽しんでいる。

「大したものだよ。おれの金子は」

と裕而は十年前に死んで行った妻の事を思っていた。

昭和五十五年の夏の盛りに金子は静かに旅立った。娘雅子の弾くショパンの『幻想即興曲』を聞きながら一筋の涙を流して金子は旅立った。

彼女の残したノートにはいくつもの短歌が残されていた。

激痛をなだめんとして　暁の

浴室に立ち　我生きんとす

気丈な金子の心情を思って、裕而はあらためて涙するのだった。

金子が死去する一年前の事だ。裕而は自伝『鐘よ鳴り響け』を世に出した。

この本を書こうとしたのは、金子の参加する随筆グループの仲間から「自伝を書いたら」とすすめられたのが発端だった。

けれど、そこで紹介された出版社が倒産してしまって、企画は宙に浮いてしまった。さっさと忘れてしまおうとした。

「本業の音楽でもないんだ。どっちでもいいや」と放り出してしまった。

しかし金子は強引に本にする事をすすめた。

「良い本になりますよ。絶対！」

と金子は言い張った。それまでも裕而の仕事に対して金子はプロデューサー的存在だった。大抵、金子の判断が的を射ていた。裕而の人生の羅針盤でもあったのだ、金子は。

体調もだいぶ弱まり、入退院をくり返す中で自伝の出版を強くすすめる金子だった。

その金子の助言によってこの世に出た裕而の自伝の表紙には、裕而が描いた福島の信夫山が大写しに印刷されている。その山にかかるように表題『鐘よ鳴り響け』の文字（裕而の自筆）がのせられている。

この本は金子の死の四ヶ月前に完成した。激痛の中にいた金子が病院のベッドの上で頬笑んだ。

「ホラネ、やっぱりよかったでしょ」

金子が喜んでくれた事が裕而にはうれしかった。

この年、裕而の作曲家五十年の道程の中で輝かしい事がもう一つあった。「勲三等瑞宝章受章」の知らせだった。金子と共に出席出来ない事は残念だったが、金子は病床の中から裕而の仕度(したく)のことなどあれこれ気を使ってくれた。それがうれしかった。

「金子、お前と出席したかったなあ。ふたりして荷物片手にがんばって来たのだから、ごほうびはふたりのものだったんだよ」

この晴れがましい受賞の一年前、裕而は「福島市名誉市民」と認められていた。これはまた裕而にとって、特別にうれしい賞だった。裕而は福島を愛してやまなかった。その福島から表彰される事は一番うれしい事だった。

「あなたはフクシマ、フクシマね」と金子に笑われたが、心底、福島が好きだった。ふるさとの信夫山に古関家の墓がある。あそこにおれも帰るのだといつもいつも思っていた。

だから、国民栄誉賞の話があった時も、自分は福島市からいただいたので、それで充分だと断ったくらいだった。

そんな晴れがましい日々を見届けて、金子は旅立った。六十九歳だった。裕而は哀しいと言うよりは、ただただ呆然として、金子の亡きがらを見ていた。体の半分を持ち去られたような喪失感だった。

円乗院での金子の葬儀の折も喪主あいさつもまともに出来ず、ただ黙って立っていた。深い礼を参列者に向かってするとそのまま引っ込んだ。

いつも力になってくれた金子が先に行ってしまうなんて、どうしても納得が行かなかったのだ。金子のいない世の中なんて、何の意味があるのだろう。

金子の残した文箱の中に、裕而から金子に当てたラブレターが出て来たのはそれから間もなくの事だった。

昭和五年四月二十七日付の手紙である。

「私がピアノを弾いています。貴女がステージであの美しいひとみを輝かせて歌っています。聴衆は熱狂して『スゴイ！　アンコール』夢！　これが本当であったらと思います。」

二人の夢は中ぶらりんで終わった。裕而の作曲家としての道は達成出来たが、金子の夢は中途半端に終わった。

「可哀想な気がする」

古い手紙を文箱にしまいながら、金子の果たせなかった夢について裕而は考えていた。

金子の花

金子の夢のことを考えていたら、裕而の耳に突然、『愛国の花』のメロディーが聞こえて来た。

真白き富士のけ高さを
心の強い盾として
御国につくす女等(おみなら)は
輝く御代の山桜

地に咲き匂う　百合の花

この曲は後の「ラジオ歌謡」となる「国民歌謡」が始った時、昭和十一年、裕而にもオファーが来て、作られた。

この番組の第一作は島崎藤村の『椰子の実』。次も藤村の詩で『朝』、続いて、『夜明けの唄』『春の唄』などと清潔な健全な歌がラジオから流れていた。裕而の『愛国の花』も二週間、毎日、ラジオから流された。

裕而はこの歌の歌詞を受け取った時、金子の事を思った。二番に「銃後にはげむ凛々しさに　ゆかしく匂う国の花」という詩があった。

最高の女性讃歌の言葉であった。詩を受け取った時、裕而は、

「うちの百合の花のために良い曲を作りたい。うちの『国の花』は偉大だからなあ」

と金子への讃歌を書こうとしていた。

当局は日本女性の銃後の生き方を普及するため、もっと勇ましい曲を望んだのかも知れなかった。時は日中戦争に突入した当時のことで、軍歌華々しき時だったのだ。

ラジオから流れた『愛国の花』は渡辺はま子の高音の美声にもかかわらず、大した反響もなく、ヒット曲ともならなかった。

この歌に火がついたのは兵隊さんへの慰問品に入って来るレコードからだった。兵隊達は勇ましさを求めていたが、一方で心優しい女性達が傍にいて歌ってくれるような『愛国の花』にも心魅かれたのだった。

歌のヒットを受けて、昭和十七年、木暮実千代、佐野周二主演で、松竹で映画も作られた。

戦地で兵隊達が歌うのを聞いて『愛国の花』は東南アジア、特にインドネシアの人々の間で歌われるようになったそうだ。

インドネシアの人々はほんとに歌好きな国民だった。すでに『ブンガワンソロ』が盛んに歌われていた時だった。

『愛国の花』を特に愛したのはスカルノ大統領だった。戦後もスカルノ大統領は『愛国の花』を日本語とインドネシア語で歌ったそうだ。インドネシア語の歌詞はスカルノ自身が作った。『ブンガ・サクラ（さくらの花）』という題名までつけた。そんな大統領の傍にはデビ夫人が必ずいたと言う。

『愛国の花』のかわりに、日本軍は『ブンガワンソロ』を持ち帰った。戦争中である事も忘れてしまうほど、ほっこりした〝歌〟の交換だった。

裕而は自分の生み出したメロディーが遠く旅をして見知らぬ人々に歌われている事を「うれしいなあ」と思う。

「こういうのが本当の勲章だよ」

と老いた裕而はつぶやいている。

そして、百合の花のように気高く凛々しく生きた金子の事をまた思っていた。

「これは金子の歌だよ」

とも言って見た。

古関裕而記念館オープン

「長く生きてると思いもよらぬ事が起きるもんだなあ」

と裕而はしみじみ思った。

裕而が七十九歳を越え、体力も弱まり、寝たり起きたりする日が多くなった。

「おれもそろそろ店仕舞かな」

などと気弱く思う日もあった。

「金子がいないなんて、面白くないなあ」

が口癖になっていた。

そんな裕而にびっくりするような知らせが飛び込んで来た。福島に「古関裕而記念館」が作られるのだと言う。

裕而は自分の仕事について、こんな事を言っている。

「私は曲を作るたびに完成の喜びを持つとすぐに捨てていたと思う。私にとって出来上った曲はカスやフンみたいなものかも知れない」

裕而はそう言いながら、求められるままにたくさんのフンを残して来た。

自分の作ったフン達が今もなお歌われていて、忘れられていないと聞けばうれしい。でもやっぱりフンなのだと、裕而は頑固にそう思っていた。

自分のして来た仕事もフンに過ぎない。たとえば、こんな事もあった。ある時、北海道の小さな村の小さな小学校の校長先生から手紙が来た。どうしても古関先生に校歌を作っていただきたいのだと歌詞が添えられていた。

校長先生の手紙が誠実であったし歌詞もよかったので、裕而は快諾して、その学校の校歌を作って送ってやった。すると校長先生は、

「大変うれしいのだが、作曲料がお支払い出来ないのです」

と言って来た。もとより裕而はその小さな学校から作曲料などいただこうとは思っていなかったので、そう伝えた。

すると校長先生から一斗罐入りの小豆（あずき）が届いた。生徒達が一すくいずつの小豆を家から持って来て集めたものだと記されていた。子ども達が親から小豆をもらって、喜々として駆けて来る姿まで目に浮んだ。

金子は早速、ぜんざいやぼたもちを作ってくれた。お酒が飲めず、甘党の裕而は大喜びだった。古関家の忘れられない小豆事件だった。

裕而は考える。

「私の音楽――美しくて、きれいで、心の底に浸みわたる音楽、そんな曲を求めて今日まで作曲活動をして来たと思う」

だから裕而は作曲をするのに楽器を使わない。人は驚くが、テーマや詩を前にして、その情景を思い浮かべると、音楽がどんどん頭の中に湧いて来る。裕而はそれを五線紙に書きとる。それが裕而の仕事のやり方だった。

「どの仕事もそうやってこなして来たんだよ」

皆の心に自分の作った歌の一片でも残っていてくれれば、それで充分だと裕而は心から思っていた。

ところがふるさとの福島に記念館が出来るのだと言う。それはそれでうれしい事だ。ふるさとの人々の気持がありがたい。

昭和六十三年十一月十二日、記念館の落成式が執りおこなわれる事になった。

福島市入江町の福島市音楽堂の敷地内に市制八十周年記念事業と

して、オープンした。残念な事に、裕而は落成式に出席する事が出来なかった。

長男の正裕が代理として出席し、裕而の代わりに挨拶をした。

「福島は父にとって単なる生まれ故郷だけでなく、父の音楽活動の原点でした。この記念館が日本歌謡史の研究の場となるよう望みます」

それは裕而の思いを代弁したものだった。

裕而はじっと家にいて、正裕から記念館の様子を聞いた。

展示室の一角に、裕而の書斎を再現した「記念室」というものがあると聞いて、裕而はふっと笑った。それは八畳の和室で三つの座卓が置かれている。裕而は同時進行で別々の曲を作っていた。座ぶとんが三つ置かれていた。

また裕而の曲を楽しむ事の出来るブースもあった。来館者はここで好きな曲を楽しむ事が出来る。

もう一つの目玉は『君の名は』で使用されたハモンドオルガンがＮＨＫから寄贈され展示されていると言う。

裕而は息子からそんな説明を受けて、ふるさと福島に記念館が出来た事を心からありがたいと思った。

「おれが死んでも、記念館はおれの事を忘れないでいてくれるだろう。ありがたい事だ」

裕而は入院中の聖マリアンナ医大病院の一室で遠いふるさとに出来た記念館の事を考えていた。

自分の好きな一筋の道をがむしゃらに歩いて来ただけなのに、何と言うごほうびだろう。その後、記念館を訪ねた人々から感想文などが寄せられると、子ども達に読んでもらって涙をこぼした。若者からのメッセージが多かった。

そうこうするうちに裕而の最期の日は近づいていた。まず昭和六十年に心不全で倒れた。

翌六十一年、全ての仕事をやめた。ゆっくり余生を送ろうと考えたのだ。ホッとした時間がやって来た。生涯でこれほどゆったりした時はなかった。

「一筋の道を必死で歩いて来た。作曲家になりたいと懸命に生きて来た。若い人におれは言いたい。『なりたいと一生懸命思っていたら、必ずなれるんだよ』とね」

海のものとも山のものとも知れぬ自分がついにここまで来た。仕事を一切やめて、ホッとしていた昭和六十三年、脳梗塞に倒れ入院。翌六十四年は平成へと世も変わる年だった。

七十九歳の裕而は「せめて八十歳まで生きたい」とひそかに思っていた。平成元年、八月十一日の八十歳の誕生日を迎えた時、「念願がかなったなあ」とひそかに思っていた。

病院のベッドの上で裕而が雲と話していたのはそんな時だった。

「おーい、雲よ。おれを乗せて行けよ」

ベッドの上の裕而は長い回想の旅からもどっていた。

「いくら考えても良い人生だった。思い残すことはない。出来ればもう一度、福島の〝やきしんこ〟と〝じんだ〟が食いたかった。そして、もう一度、金子の作ったぼたもちが食いたかった」

そんな寝言を言いながら裕而は眠りについた。リムスキー・コルサコフはとっくに終わっていた。裕而は心から安心して母の肌に抱かれるような気分で寝息を立て始めた。何もかもがうまく行った作曲の完成の時のようだった。

平成元年八月十八日の夜のことだった。裕而はフワフワする白い大きな雲に乗って、夜の空に旅立った。

美しい雲に乗って、星空を上って行く裕而の姿を見た者はいない。裕而が雲に乗った事も誰も知らない。たくさんのメロディーが夜空に流れていた事も誰も知らない。

九時三十分、裕而は家族に見送られて静かに息を引き取った。苦

しみもせず、痛がりもせず、眠るように古関裕而は八十歳の生命を終えた。新聞は、

昭和歌謡史に一世風靡
庶民に灯　五千曲
古関裕而　死去

と伝えた。

裕而の密葬は、セミしぐれの降る暑い日、金子の眠る円乗院でしめやかに執り行なわれた。

その後、盛大な音楽葬が行われたが、その際、裕而の作曲した早稲田大学の『紺碧の空』、慶應義塾大学の『我ぞ覇者』を両大学の応援団が歌い、左右から差しかけられた早慶の校旗をくぐって棺(ひつぎ)が運ばれ、多くの参列者の感動を呼んだという。

「お父様、とうとうお母様のもとに行かれたのね」

子ども達は寂しくつぶやいた。やがて、裕而の遺骨は分骨されて福島の信夫山のふもとの古関家の墓に埋葬される事になっている。

とうとう裕而はふるさとの山に抱かれる事になったのだ。

あとがき

私はその日、平成七年の秋の日、インドネシアのジョクジャカルタの「天ぷら　花」という日本料理店にいた。リニー夫人は黒い布を頭からかぶって静かに座っていた。ご主人を亡くしたばかりで喪中だからと控え目だった。

この高齢の夫人はインドネシアの言葉しか分からない。インドネシア通の私達の仲間が通訳してくれた。リニー夫人は日本が大好きだと言った。そして急に立ち上って、歌を歌い始めたのだ。

その歌は『愛国の花』だった。正確に日本語で歌い上げたのだった。女学生の時に覚えたのだと彼女は言った。私はこの異国のレストランで突然、「古関裕而」に出会ったのだ。異国の地で異国の夫人から聞く「古関裕而」はあまりにも美しかった。

こんな歌を作った人はどんな人だったのだろう。私の「古関裕而」への旅が始った。

そして、知れば知るほどこの人が好きになった。苦しい時代も晴れやかな時も、古関裕而は音楽を通して人々を慰め、はげましてくれた。日本人ばかりではない。古関音楽は『愛国の花』のように国境を越え、時代をも越えて生きている。

日本中の働く人々を応援した『昼の憩い』のメロディーは心に浸みた。かと思うと元気の出る行進曲もたくさん残してくれた。

私は果たして、「古関裕而」の全てを書き果(おお)せただろうか。いくら書いてもこの人の素晴しさは書き尽くせるものではないと、あきらめつつ筆を置きます。

最後になりますが、出版にあたり、福島市在住の斎藤秀隆先生には大変お世話になりました。ありがとうございました。

また出版に際して数々の助言をいただいた今井恒雄氏、出版を快諾して下さった展望社の唐澤明義社長に心から感謝申し上げます。

令和二年二月
新井恵美子

《古関裕而作曲の主な作品》

昭和6年（1931）「紺碧の空―早稲田大学応援歌―」（住治男詞）
昭和6年（1931）「福島行進曲」（野村俊夫詞・天野喜久代歌）
昭和9年（1934）「利根の舟唄」（高橋掬太郎詞・松平晃歌）
昭和10年（1935）「船頭可愛や」（高橋掬太郎詞・音丸歌）
昭和11年（1936）「大阪タイガースの歌・六甲颪」（佐藤惣之助詞・中野忠晴歌）
昭和12年（1937）「露営の歌」（薮内喜一郎詞・霧島昇ほか歌）
昭和13年（1938）「愛国の花」（福田正夫詞・渡辺はま子歌）
昭和14年（1939）「巨人軍の歌（野球の王者）」（佐藤惣之助詞・伊藤久男歌）
昭和15年（1940）「暁に祈る」（野村俊夫詞・伊藤久男歌）
昭和17年（1942）「断じて勝つぞ」（サトウハチロー詞・藤山一郎歌）
昭和18年（1943）「決戦の大空」（西條八十詞・藤山一郎歌）
昭和18年（1943）「若鷲の歌（予科練の歌）」（西條八十詞・霧島昇歌）
昭和19年（1944）「ラバウル海軍航空隊」（佐伯孝夫詞・灰田勝彦歌）
昭和19年（1944）「嗚呼風神特別攻撃隊」（野村俊夫詞・伊藤久男ほか歌）
昭和22年（1947）「夢淡き東京」（サトウハチロー詞・藤山一郎歌）
昭和22年（1947）「白鳥の歌」（若山牧水詞・藤山一郎歌）
昭和22年（1947）「雨のオランダ坂」（菊田一夫詞・渡辺はま子歌）
昭和22年（1947）「とんがり帽子」（菊田一夫詞・川田正子歌）
昭和23年（1948）「栄冠は君に輝く」（加賀大介詞・伊藤久男歌）
昭和23年（1948）「フランチェスカの鐘」（菊田一夫詞・二葉あき子歌）
昭和24年（1949）「長崎の鐘」（サトウハチロー詞・藤山一郎歌）
昭和24年（1949）「イヨマンテの夜」（菊田一夫詞・伊藤久男歌）
昭和25年（1950）「ドラゴンズの歌（青雲たかく）」（小島情詞・伊藤久男歌）
昭和26年（1951）「さくらんぼ大将」（菊田一郎詞・川田孝子歌）
昭和26年（1951）「あこがれの郵便馬車」（丘灯至夫詞・岡本敦郎歌）
昭和26年（1951）「ニコライの鐘」（門田ゆたか詞・藤山一郎歌）
昭和27年（1952）「黒百合の歌」（菊田一夫詞・織井茂子歌）
昭和28年（1953）「君の名は」（菊田一夫詞・織井茂子歌）
昭和28年（1953）「ひめゆりの塔」（西條八十詞・伊藤久男歌）
昭和29年（1954）「高原列車は行く」（丘灯至夫詞・岡本敦郎歌）
昭和32年（1957）「荷物片手に」（野口雨情詞・森繁久彌歌）
昭和36年（1961）「モスラの歌」（本多猪四郎ほか詞・ザ・ピーナッツ歌）
昭和38年（1963）「巨人軍の歌（闘魂こめて）」（椿三平詞・若山彰ほか歌）
昭和39年（1964）「オリンピック・マーチ」（陸上自衛隊演奏）
昭和45年（1970）「我ぞ覇者―慶應義塾大学応援歌―」（藤浦洸詞）

《参考文献》

「鐘よ鳴り響け　古関裕而自伝」　主婦の友社
「評伝　古関裕而」　菊池清麿　彩流社
「古関裕而物語」　斉藤秀隆　歴史春秋出版
「古関裕而うた物語」　斉藤秀隆　歴史春秋出版
「読める日本史」　自由国民社
「図説　昭和史」　ＰＨＰ研究所
「昭和史」　今井清一・遠山茂樹・藤原彰　岩波新書
「哀しい歌たち」　新井恵美子　マガジンハウス

新井恵美子（あらい えみこ）
昭和14年、平凡出版（現マガジンハウス）創立者、岩掘喜之助の長女として東京に生まれ、疎開先の小田原で育つ。学習院大学文学部を結婚のため中退。日本ペンクラブ会員。日本文芸家協会会員。平成8年「モンテンルパの夜明け」で潮賞ノンフィクション部門賞受賞。著書に「岡倉天心物語」（神奈川新聞社）、「女たちの歌」（光文社）、「少年達の満州」（論創社）、「美空ひばり ふたたび」「七十歳からの挑戦 電力の鬼松永安左エ門」「八重の生涯」「パラオの恋 芸者久松の玉砕」「官兵衛の夢」「死刑囚の命を救った歌」「『暮しの手帖』花森安治と『平凡』岩掘喜之助」（以上北辰堂出版）、「昭和の銀幕スター100列伝」「私の『曽我物語』」（以上、展望社）ほか多数。

雲の流れに　古関裕而物語

令和2年4月7日発行
著者／新井恵美子
発行者／唐澤明義
発行／株式会社展望社
〒112-0002 東京都文京区小石川3-1-7エコービル202
TEL:03-3814-1997 FAX:03-3814-3063
http://tembo-books.jp
印刷製本／株式会社東京印書館

ISBN 978-4-88546-375-4　定価はカバーに表記
日本音楽著作権協会（出）許諾第2002559-001号